天堂 ヘヴン

川上未映子
蘇文淑 譯

然後最重要的，這誰都辦得到。
只要把眼睛閉起來就好了。
閉起來，就在人生另一頭了。

——賽林《長夜行》（*Voyage au bout de la nuit*）

1

四月快結束的某天，打開鉛筆盒時，突然發現了一張摺得小小的紙條立在鉛筆與鉛筆之間。

打開來，上頭用自動鉛筆的字跡寫著——

「我是你的同伴。」

字跡很淡。像魚刺一樣小小的字。只有這麼一句，其他什麼也沒寫。

我立刻把紙條放回鉛筆盒裡。調勻呼吸，過了幾秒鐘後假裝若無其事環顧四周。一如往常喧鬨笑鬧的同學跟嘈雜的聊天聲，毫無異狀的下課時間。我反覆不停把課本跟筆記本的邊緣對齊，努力保持鎮定，接著開始很慢地削起了鉛筆。就這麼來到了第三節課上課時間，鐘聲響起，周遭響起了叩叩喀喀拉椅子的聲響，老師進來教室後，開始上課。

那張紙條，除了是惡作劇外不可能是別的。可是那群人到底為什麼現在要幹這種莫名其妙的事呢？我想不出原因，心底嘆了口氣，心情低落到了極點。

紙條夾在鉛筆盒裡只有一開始那一次，之後陸陸續續收到的都是黏在抽屜裡，只要伸手進去就會發現。每次一發現又有紙條了，我就渾身起雞皮疙瘩，小心翼翼地左顧右盼，感覺好像有誰正在盯著自己一樣。不知道該怎麼表現才算自然，整個人籠罩在一種無以名狀的不安中。

明信片大小的紙張上，總是只寫著「昨天下雨時你在幹麼？」或「你想去哪個國家呢？」之類短短問句似的問題。每一次我都躲去廁所看，然後也不曉得到底該丟哪裡，只好藏在學生手冊跟手冊的封套之間。

沒出現任何跟那些紙條有關的變化。

二宮那些人還是照樣使喚我幫他們搬東西，踹我踹得好像我天生就該被踹一樣。拿笛子打我，命令我去跑操場等等，在這期間，那些紙條依然出現，句子逐漸拉長，一樣沒有寫上我的名字也沒寫上對方的名字。我有時看見那些紙條上的字跡會懷疑搞不好那些其實不是二宮他們寫的，但轉瞬又覺得這樣想很蠢。思來想去，又不相信原本的猜測了，心情更加盪到了谷底。

儘管如此，每天早晨到校後先確認一下抽屜裡有沒有紙條，已經成了我一個小小的習慣。空蕩蕩的教室靜謐無聲，讀著那還帶著微微油墨味道、用小小字體寫的紙條總是讓我心頭雀躍。雖然心底明明懷著某種憂慮，怕紙條會不會是二宮那群人設下的陷阱，但是不知道為什麼，紙條中好像有種什麼魔力，讓我感覺在那樣不安的情緒中或許稍微安心一下也沒關係。

一進入五月，立刻就收到的紙條上寫著「我想跟你碰個面。放學後，五點到七點我在這邊等你」。信上也寫了日期。我清楚聽見耳內深處傳來了心臟撲通撲通的鼓動聲，把那封信反覆讀了好幾次，讀到即使閉上眼睛也能在眼皮內浮現那些字跡的程度。信上畫了簡單地圖。我一整天都在考慮自己到底該怎麼做比較好。連假時也淨想著這件事，想到頭都痛了，食欲不振。但是我確信，萬一那天我真的傻傻地去赴約，等在那邊的一定是二宮他們那群人，一定會讓我死得比平常更慘，逮住懷抱著某種期待前去的我，找到欺負我的新理由，讓我的處境變得比現在更惡劣。可是，我還是無法忽視那封信。

那一天，我不管做什麼都無法靜下心來。

一整天在教室裡頭緊張著二宮他們的動靜。沒觀察到什麼不同，反而被其中一個臭罵「你是在看三小啦！」說著就拿起室內拖鞋往我丟來。砸到了我的頭，掉在地上。他要我撿回去給他，我照辦。

愈接近放學時間我心頭愈亂，整個人很不舒服。好不容易捱到了最後一節下課，幾乎是用跑的跑回家。一邊跑，一邊想，真的要去嗎？該怎麼辦才好？我怎麼想也想不出一個結論，不知如何是好，感覺怎麼做好像都會出錯。

我媽一看見我回來，只說了句「回來啦？」依然坐在沙發上看她的電視。我說嗯，回來了。電視中傳出播報新聞的聲音，除此之外，整個家裡沒有其他聲響。跟平時一樣，不管把這個家哪個角落放大仔仔細細地看，都還是靜悄悄地。

「我今天從白天就一直在準備了——」我媽說。

我從冰箱裡拿出葡萄柚汁倒進杯子，直接站在那裡喝。我媽說你坐下來喝呀，過了一會兒，聽見不曉得是剪手指甲還是腳趾甲的聲響。

「準備什麼啊，晚餐？」我問。

「對呀，聞到了吧？我這輩子還是頭一次拿繩子綁豬肉哩。」

我心想難道老爸今天難得要回來嗎，但是沒問。

「要不要早點吃？」

「不用了啦，我等一下要去一趟圖書館，回來後再吃。」

我住的城市裡，有一條延續了好幾百公尺的林蔭大道。
每天我穿過那條林蔭大道去上學。約定見面的地點，就在那條林蔭大道正中央附近往左轉一段路後，一片幾乎稱不上公園的小空地。
我在四點左右就出門了，所以到達那裡時完全沒有看見半個人影。總之先鬆了一口氣。那邊有幾個被平放當成座椅的輪胎跟混凝土做成的鯨魚，椅子跟鯨魚中間有一小塊大約五公尺平方大小的玩沙區，上面散落著半掩在沙中的零食盒子跟塑膠袋。
我看見沙子上滾落著一些看起來不知道是狗大便或貓大便的乾糞便，外頭沾著一層沙，看起來像包在天婦羅上的麵衣一樣。愈數愈多，我不禁懷疑整個玩沙區裡該不會都埋了一堆貓狗糞便吧？我一直看著那些糞便，感覺等一下一定會被逼著吞下那些，這想法一閃過腦海，喉頭深處開始滾燙起來。我用力吐出一口大氣，試圖揮開那想法，但只感到身體變得更昏沉了。

鯨魚的嘴巴，開了一個大概可以塞進兩個像我這樣身形的開口，油漆剝落得幾乎無法判別原本到底是什麼顏色。背部跟頭上都被黑麥克筆畫滿了塗鴉。這個地方剛好位於一處老舊公營住宅區的背後，沾滿溼氣的土壤幾乎黑得令人覺得不舒服。

我走回去林蔭大道殺時間。

在鐵製長椅上坐下後用力嘆了一口氣，再深深把它吸回去。我千想萬想都覺得來這邊是錯誤的決定，但是萬一不來，二宮他們又一定會因為我沒有如他們所願而不高興，結果到頭來還不是要被搞。不管我選擇怎麼做，下場都一樣。

又嘆了一口氣，恍惚抬起頭來。先前還黑壓壓的樹幹上已經長出了綠葉，風一吹來便發出沙沙的聲響。我摘下了眼鏡，揉揉眼睛，眺望著林蔭大道。眼前景色不分遠近全是平面接著平面。然後我像平常那樣眨了眨眼睛，把眼前景色切掉。像切掉一片方方整整的紙偶戲畫面一樣。眨眼。切掉。一張張甩到腳邊。

過了半天，我腦袋又幾乎暫停轉動地走回去約好見面的地方。看見有個人背對著我，坐在輪胎上。一個穿制服的女生。我忽然間整個人傻了，完全無法理解，心想一定還有其他人吧？趕緊四下張望，但沒有看見別人。

心底七上八下地走向那個人。一直走到了鯨魚附近我停下了腳步，對方察覺到我的腳步，驀然抬起了頭，是我們班上一個叫做小島的女生。她一看見我，站起身來，稍微點了點頭，我也不自覺點了點頭。

「紙條……」

小島是一個個頭小小，微黑，很安靜的女生。身上襯衫總是皺巴巴，制服也很舊，身體好像總是歪一邊，一頭又黑又多的自然鬈髮滿頭炸開。嘴巴上方因為稍微長了點鬍毛，看起來有點髒，時常被大家取笑。她家境不好，又被嫌髒，所以成了班上女生欺負的對象。

「我沒有想到你真的會來。」小島有點弱弱地沒什麼自信地笑了笑。

「你會不會覺得很噁心啊？」

我一時不知道該怎麼回答，只好搖搖頭，接著我們兩個就那樣站在那裡沒說話。

「你不坐下來嗎？」她問，所以我點點頭坐了下來，但動作很彆扭。

「其實也沒什麼特別的事啦。就是一直覺得很想跟你聊天，感覺有很多事可以聊。你跟我。我覺得我們好像有點必要像這樣聊一下，一直這麼覺得。」

小島邊講邊停頓。我這才意識到，這好像是我第一次聽見她好好講話，也是我第一次聽見她的聲音，第一次從這個人的正面看著她的臉。我第一次這樣子跟女孩子講話，手心開始出汗，全身開始出汗，不曉得該看向哪裡。

「謝謝你今天真的過來。」

小島的聲音不高也不低，聲音裡好像有一種實心似的很沉穩的質地。我點點頭，又點了點頭。小島看見我點頭後好像稍微鬆了口氣。

「你知道這個公園叫什麼名字嗎？」

我搖頭。

「這裡叫做鯨魚公園。因為你看，那個就是鯨魚呀。不過這樣叫的人只有我而已啦。」小島說完笑了。鯨魚公園，我在腦裡複誦一次。

「我剛也跟你說過，其實我之前就想找你講話了，所以才寫那些紙條給你。本來還以為你一定不會來咧，所以老實說，現在心裡滿意外的。」

我又點點頭。

「我想跟你做朋友。」小島看著我的臉說。

「如果你不介意的話。」

我不曉得她實際上到底是在說什麼。下意識點了點頭。點完頭之後，才突然懷疑她剛說的「做朋友」是什麼意思啊？而且怎麼樣才算是「朋友」？幾個疑問突然冒出了心頭，不過我什麼也沒問。剛剛冒出來的汗沿著背脊流下。小島聽見我的回覆後好像很開心，笑了一笑，嘆口氣說真是太好了，接著就從輪胎上站起來，雙手拍拍裙子後面。她的裙子在原本的褶線之外還有好幾條明顯的大褶痕，西裝外套的口袋裡不曉得塞滿了什麼，很不自然地膨了起來，我看見好像是面紙的東西稍微露了出來。

「太開熏惹～」小島臉上依然漾著笑意嘆息著這麼說了之後，低頭望向她自己的腳。我在腦袋裡頭重複了一次「太ㄎㄜ？」，想問她到底是說什麼，但又不知道該怎麼問這種問題，什麼時間點問才好，於是閉嘴什麼也沒問。

「我可以再繼續寫紙條給你嗎？」

「可以啊。」我說。嗓子莫名有點尖，害我說完後臉頰發燙。

「那……可以繼續放在你抽屜嗎？」

「唔。」我點點頭。

「你會回紙條給我嗎？」

「嗯。」我說。這一次聲音恰到好處，心底鬆了一口氣。

之後我們兩個誰也沒說話，安靜了好一會兒。遠方不曉得哪處傳來了烏鴉叫聲。

「那就先——」

小島說完，撇嘴瞅著我的臉半晌後，舉起手來猛一轉身，就往通向林蔭大道的那條路像小跑步一樣地快步走了。

她一次也沒回頭。小島的背影在我眼中形成了兩個影像重疊在一起，很快就變遠變小了。我一邊想，這種時候到底該目送別人的背影到什麼時候啊，一邊繼續望著她離去，直到看不見為止。小島方整的裙襬不斷拍打她小腿肚一半的地方，看起來感覺很笨重。那影像久久殘留在眼中，直到看不見她的身影後，那方方整整的裙襬大大擺盪的樣子還烙印在眼底。

＊

「脫窗仔！」

有一次放學後鬱卒地一回頭，馬上被二宮他們那群人的其中一個勒住脖子，把我拖回了教室。每次都這樣。教室正中央，二宮就在那邊，一如往常坐在桌子上，一看見我就喊了聲：「唷，回來啦～」笑了。他命令我把粉筆塞進鼻孔中，在黑板上畫出能令他們笑滿一分鐘、笑到無法動彈為止的搞笑畫。他們那群人一聽他這麼提議，馬上哄然大笑，其中一個把我帶去了黑板前，接著二宮他們也聚了過來。

二宮跟我是同一所小學畢業的。

從小學起，二宮就已經是班上風雲人物。體育全學年最強，學業成績也好，相貌俊美，不管誰看了都會覺得長得真好啊這個孩子。每次只有他穿著跟別人不一樣顏色的毛衣，頭髮留到肩膀上，然後還有個很吃得開的大三歲的哥哥也念我們學校。兩個兄弟在學校裡很有名，光這樣就讓他身上充滿與眾不同的光環，身邊總是簇擁著想跟他當好朋友的人。上了國中後，二宮把長髮綁成了一束，很會講笑話逗班上女生開心。也不只女生，每次他一講笑話，身邊所有人都笑，連學校老師感覺也對他刮目相看。

「快點畫啦！」

我沒動，嘴巴也沒吭聲。二宮雙手一攤，一副無奈的樣子，「拜託你噢，都跟你混這麼久了，你怎麼還是一點長進也沒有啊？」他身邊那群人聽他這麼一說，好像很好笑的樣子全都笑得七暈八素。那群人後面不遠處，果然百瀨又雙手環抱在胸前站在那邊。

百瀨是上了國中後才同班的，國一時也同班。他跟二宮一樣很會念書，聽說他們上同一間補習班。我從沒跟百瀨講過話。他在學校裡總是跟二宮走在一起，可是很少開口，也幾乎沒看過他跟他們那群人一起鬧。雖然不清楚原因，不過他體育課時總是只在旁邊看。他長得雖然沒有二宮那麼帥，不過也是人見都稱帥哥的那一種，而且他們兩個，都比我高十公分以上。百瀨總是一臉讓人猜不透他在想什麼的表情，大家欺負我時，他也從來沒對我下手過，只是站在稍微有點距離的地方，雙手環抱在胸前看著。

「我們也很忙沒時間耶～」二宮說。

「你今天把那邊三根粉筆全吃了，就饒過你好了。」

接著命令我把其中兩根粉筆各插一根進鼻孔裡面，插到頂，然後拿起剩下的一根在我面前晃，「嗳，脫窗仔，說好吃好吃，吃下去」。說完後，腳背用力踹了我膝蓋。

他們每次踢我打我踹我，把我打趴在地上時從來不會讓我身體留下瘀青，力道掌控得極好。有時我回家後看見自己身上什麼傷痕也沒有，真的會懷疑他們到底是去哪裡學的。

踹向我膝蓋與小腿肚的腳開始轉換位置。二宮改用運動鞋橡膠鞋底在我肚子上踩來踩去，像在確認我肚腹彈性一樣。他又抵又踹地把我往各個方向踹出去，我一會兒撞到牆、一會兒撞到桌子，跌跌撞撞倒下，每一次都發出巨響。我在心底跟自己說，老套了啦，這沒什麼。靜靜等待這一切結束。

我被抓著頭髮站了起來，兩邊鼻孔都被插進粉筆，剩下的那一根，他們拿著要我用門牙咬下前端。

二宮他們看著我那副模樣，笑得前俯後仰。

至今為止，他們讓我喝過池塘水、廁所水，吞過金魚與兔子籠的剩菜，但是粉筆還是頭一次。沒滋沒味，也聞不到味道。我聽見二宮說：「快吃啦！」只好閉上眼睛把嘴裡頭的粉筆咔叩咔叩地咬斷，一心想著盡量咬得碎一點。粉筆發出了喀噫喀噫的聲音，被咬斷的前端尖尖地刺到了喉嚨裡面，但我依然動著下顎，放棄思考，從已經咬得吞得下去的粉筆屑開始吞起。

就這麼吞掉了三根粉筆後，不知道誰嚷著：「可爾必思啦！可爾必思！」遞給我一個裝了白色髒水的沾著硬掉顏料的塑膠桶。加了粉筆的水。他們把我壓在牆邊，水桶壓向我嘴邊，硬逼著我吞下去。我吞到一半時一股反胃，下一秒鐘已經一古腦全嘔了出來。鼻子與眼睛裡淌著淚水與液體，手撐在地上狂咳。二宮他們趕緊從我身旁跳開，一邊大嚷：「脫窗仔，你搞屁啊你！」但是一看見我那慘樣，又狂拍手笑得好像很開心，「自己吐的自己舔啦！」他們把我的頭按向地上。一張又一張的笑靨。

*

從那天之後，我開始跟小島交換信件。

從來沒給任何人寫過信，完全不曉得要寫什麼，也不知道該怎麼寫。就是拿著剛削好的鉛筆把腦袋裡頭浮上的事寫出來又擦掉，寫出來又擦掉。雖然是這麼無趣的信，我們也在一封封的交換信件中逐漸多知道了一點關於對方的事。每次我在早晨還沒有其他人到校時就跑去教室裡，把信黏在小島的抽屜裡以免被人發現。隔天早上收到了小島回信後，便躲到廁所裡面讀。雖然沒事先講好，但我們誰也不在信裡提起校內的事，還有被欺負的事。

寫完了信後我把眼鏡摘下，左眼貼近信紙，反反覆覆讀起排列在信紙上的文字。讀了一遍又一遍後，眼睛深處跟頭腦的單邊開始微微痛了起來。

我是斜視。

左眼看見的輪廓跟右眼勉強捕捉到的輪廓會重疊在一起，看什麼都是模模糊糊的重疊影像，缺乏遠近感。就算伸手去摸就在身旁的東西，也覺得沒辦法掌握好距離，不管用指尖或手摸什麼，都會留下一種好像沒好好摸到東西的感受，久久不散。

日安。今天也把妳的信讀了好幾次。妳都習慣用自動鉛筆對不對？我習慣用一般鉛筆。

我來回答妳上一封信的問題吧。我的興趣應該算是讀書吧，雖然沒有什麼特別喜歡的書籍或類型。先這樣囉，下回再聊。

哈囉～謝謝你回信。今天雨好大啊，打在雨傘上的聲音很驚人耶，我還以為我的傘要破掉了咧。回家時從橫山大樓旁邊經過的時候，有卡車飛快開過去，地上水窪的水都濺飛到我身上了啦，真的超級漫畫的。像這種時候，不曉得漫畫的對話框裡會填什麼噢？我很喜歡寫信，字寫得美不美或內容我倒是不管。等你回信囉～

日安。其實現在寫這封信的時候是晚上。風很大。

我每次都覺得寫東西這件事真的好難啊，搞不好比講話還難。不曉得多多練習的話會不會寫得好一點，我會加油的。不過妳別看這樣簡單幾句話，我也趴在桌前寫了一個多小時呢。先寫到這裡囉。

哈囉～謝謝你回信，3Q。期中考成績發回來了耶，真是太令人心碎了，我差一點就低於三六〇分（譯註：滿分五〇〇分）。你的我就不問你了，我相信你一定考得比我好很多。對了，你上次建議我那漫畫對話框的句子，我覺得超棒的，下一次我再碰到下雨天被卡車濺得一身水的時候，我就把那句子拿出來用。

你知道嗎，今天這封信我已經挑戰寫兩次了。第一次怎麼也寫不好，就跑去刺繡了。是那種叫做十字繡的很簡單的東西。刺刺刺，一直把針刺下去就好了。其實我本來想繡一個抱枕套的，但重點是沒有枕心，又剛好有十字繡的布料，就繡了很多小花一樣的圖案。我也喜歡刺繡。所以現在我喜歡做的事情有兩樣——寫信跟刺繡。等你回信囉～

日安。今天過得怎麼樣呢？上一封信上沒辦法好好表達的那件事情，現在我想到了，是鉛筆。

我很常用6B鉛筆，因為筆芯不容易斷。我寫的時候注意到了一件事，妳的聲音，跟6B鉛筆很像耶。其實我這一次也沒自信好好表達，我的意思是，妳的聲音跟6B鉛筆的筆芯那種很軟又很濃、很實在的感覺很像。如果寫得有點令人費解，請妳別介意。我只是想把這件事情告訴妳而已。

現在是晚上的八點半，再來要來寫地理的空白地圖練習題了。下次再聊囉。

哈囉哈囉～晚安。說晚安，其實你讀到這封信的時候一定已經是早上了吧。你那邊的天氣怎麼樣呢？我這邊正在下雨。梅雨季明明還沒到，晚上卻這麼溼悶悶的。正在下雨。

還有我已經問了你好幾次了，你怎麼還是不告訴我你喜歡看哪些書呢？你難道是個祕密主義者嗎？我是沒認真看過什麼書啦，就只是好奇而已。至於我目前為止曾經看過什麼書嘛，唔，我好像想不大起來耶，大概就是小學讀過的學年文庫，像中國歷史一樣的書吧。我現在才想起這件事，多虧了這封信。要是沒寫這封信，我大概一輩子都不會想起來吧。

對了，看書很有趣嗎？我差點就要忘記問你這件事了。你覺得讀書有趣嗎？我光是念國文就飽了啦～但你要是發現什麼有趣的書，麻煩你告訴我好嗎？就像你說的，我也覺得在家裡真的沒有事情做，這樣一直沒事幹的話，我都覺得自己好像在跟什麼事情戰鬥一樣。這樣講，聽起來好像很奇怪，可是我就是覺得自己好像正在安靜地奮戰，有這種感覺。不曉得要戰到什麼時候。窩在被窩裡戰鬥。走路的時候也在戰鬥。一直想著這些事。國中的生活還要一年半才會結束，那之後如果按照正常情況的話，還要念三年高中。一樣的生活還要持續很多很多年才會結束。你不覺得這件事很嚇人嗎？我覺得很嚇人。

不曉得那時候會變得怎樣噢？有時候也會想到這個。不過搞不好一九九九年就世界末日了，就像大家講的那樣。就算末日沒來，一切大概也不會有什麼改變。

對了，我想提議一件事耶，你如果不願意的話直接跟我說。

我開始激動了～不過還是要寫啦。就是啊，下個月第二個星期三，你要不要再出來跟我碰一次面？之前在鯨魚公園碰面時也是星期三，所以為了紀念，就約星期三吧？你覺得怎麼樣？如果覺得不好，也不要說，好嗎？哈哈開玩笑的啦，你還是可以講啦。等你回覆囉～

日安。今天真的熱得跟夏天最熱的時候一樣噢。五月已經快過完了呢。

先謝謝妳送我的信紙，我很開心。現在手邊這些寫完了之後，我就用妳送我的信紙寫。

謝謝妳說妳喜歡我的逃生梯提案。不太會講啦，但我覺得約在那邊見面比較輕鬆。那邊沒什麼人去，很安靜，又有風，很舒爽。妳搭電梯到了頂樓後，打開右手邊的門就會看到一個樓梯，馬上就知道怎麼走了。我會在最頂樓那邊等妳。離約定的星期三還有兩個星期呢，真期待。先這樣。

很自然地，我開始帶著與以往截然不同的感受意識到了小島的存在。

雖然從以前就知道她會被班上的其他女生欺侮，但是現在每當看見或聽見她被欺負的時候，我就會覺得愈來愈難受。一想到我被欺負時她也會看見，我心頭就悶。但是待在同樣教室裡，這種事就算不想看見也會看見，不想聽見也會聽見。

我還是一樣被叫做脫窗仔，被喊去做完全沒有意義的事。被推、被打，下課時還要被命令去跑操場衝刺，二宮他們照樣從校舍裡頭看著我哈哈大笑。我也看過好幾次小島被罵臭、被罵噁心，以各種言語羞辱，被叫去跑腿買東西，也看過她被人臭罵著叫她去洗澡，還把她的頭按在水槽裡。

信裡頭的小島，既開朗又充滿朝氣，與在學校裡看到的小島根本是完全不同的兩個人。每次在學校裡面看見小島，我就覺得心底很酸楚，很痛苦，但是我無能為力。我不想要小島知道我看見，所以每次都別過頭去，每次都只能繼續假裝沒看到。

*

學校裡的生活，跟去年一樣忙著合唱比賽跟一些有的沒的集會準備。有幾堂課因為要準備其他的事而取消了，結果我被二宮他們整的時間也變多了。放學後的走廊跟操場上到處都鬧哄哄的，我在一片鬧哄的環境中還是照樣被二宮他們叫去做這做那，有時還要被踹，午休時間還要去幫他們跑腿買麵包。中午我總是自己一個人吃，小島也是。

「你眼睛太噁爛了啦，不懲罰你一下不行！」

某個星期六，上完了課也結束了班會後，二宮拿著尺敲著我的腦袋這麼說。平常星期六放學後，沒參加社團的學生必須馬上離校，但那天下午因為有合唱比賽的練習還要準備道具等等，學校允許我們在放學後還留在學校裡。二宮命令我把自己關進掃具櫃裡，直到他說可以出來為止。

「你人在那邊就讓人覺得很不愉快呀。」

二宮坐在課桌上，髮圈叼在嘴邊，一邊綁著頭髮一邊這麼說。

「妳們說對不對，對吧？」被問的那一群班上不太起眼的女生馬上就紅了臉，羞怯地笑著點點頭。

「是不是～我就說脫窗仔光是存在就拖垮了班上的士氣啦。」

結果我雙手被跳繩綁起來，嘴裡被塞進抹布，關進了掃具櫃。

「抹布不准掉下來噢，一掉下來，你這就連玩一個禮拜喔。」

二宮一說完，他們其中一人便把我推得更進去一點。鐵門發出了疲鈍的聲音關了起來。

這不是我第一次被關進掃具櫃裡。那充滿灰塵氣味的味道，我毋寧是熟悉的。這種時候，我總是什麼也不去想，只是專心一意數著數字。數到了一百後，再重頭開始數起。不斷循環，停止所有思考。數呀數，到底數到第幾次一百了呢？到底過了多久了呢？這些我全部不去想。一心一意，真的什麼也不想。關閉一切感受。停止所有思考。只是不斷重複在腦子裡數著數字。同學的說話聲、練唱的歌聲，在這之間，一直與自己腦袋裡頭數數字的聲音重疊在一起。

不知道到底在裡頭關了多久，一回神過來，已經聽不見教室裡的聲音了。我實在很想上廁所，每次快忍不住的時候都憋得全身起雞皮疙瘩。我停止呼吸，張大了耳朵，想聽看看外頭的情況，但完全沒聽見任何人說話的聲音。我被關進掃具櫃裡應該已經過了一個多小時了，但搞不好其實已經過了兩小時？甚至更久？我不曉得。

尿意催得下腹部開始疼痛，可是萬一出去了，被二宮發現一定更慘。我看我還是在裡頭尿出來算了。但是到頭來，還是牙一咬，輕輕用腳推開了掃具櫃的門。我又更使力，門發出了金屬聲響開了起來。外頭刺眼的光線令我瞇起了眼睛，我提心吊膽地走到走廊，窺看下方操場，看見了幾張認得的臉龐，是剛才還在教室裡笑鬧的男女同學。他們正尖叫著大嚷著在丟球。我想確認一下二宮在不在裡面，但沒看到他。

我解開手上的跳繩，從空蕩無人的走廊走去廁所。進去廁所間後，靜靜坐在那裡等待腹疼過去，心頭湧現了憂慮，萬一被二宮發現我擅自出來，不知道他會對我怎樣。這些憂慮湧起又退去，讓我打從心底不耐。我永遠都不習慣這種伴隨著臆測憂懼而來的痛苦。要是二宮知道我其實是要上廁所的話，或許他也能理解？也許他早就回家了，根本完全把我忘在腦後？腦袋裡頭全被這樣的猜想占據。

我開始去想像與小島見面那一天的事情以轉移注意力。真的好期待那一天趕快到來。再過十天。再十天就是約好的第二個星期三了。我拿了小島的信重讀。雖然沒有全都隨身攜帶，但我把其中特別喜歡的幾封夾在學生手冊的書套裡，就和一開始的那封一樣。其他則夾進了我房間裡的字典書盒中。在房裡時，也常拿出來看。

剛才被關進掃具櫃時沒有瞥見小島的身影，今天她應該已經順利回家了吧？眼前浮現了小島那一頭看起來非常粗硬的頭髮。接著很自然想起她今天在全班練習合唱的時候，因為被嫌口臭而把她嘴巴用膠帶黏起來的事。又想起一個班上塊頭特別大的女生，笑著把她嘴巴上的膠帶用力撕下後取笑說：「哇，只有這一塊地方特別清潔耶。」我嘆了口氣，把信收回去。想到自己被欺負的時候，小島看見了不曉得是不是也是同樣的心情，瞬間心頭一陣緊。

這時候忽然聽見有人靠近。不曉得誰走進了廁所。我下意識停止呼吸，全身僵硬，接著稍微遲疑一下，悄悄拉開了廁所門閂同時用手輕輕按住，免得門開了起來，接著便斂住氣息。

是男同學的聲音。

一開始還沒意會過來的是誰，因為跟平時的講話語氣不太一樣。但我馬上就認出來了。是二宮。我心臟怦怦狂跳，簡直怕被人聽見，死命咬牙想讓心跳聲收斂一點，腦袋裡各種念頭像走馬燈一樣閃過，快要不能呼吸。

門另一側，除了二宮外，好像還有一個人。

那個人的聲音很小，我只聽出來是個男生的聲音。不知道是誰。二宮的聲音嘻嘻笑著——真是的，真希望他們弄好一點嘆，根本完全不一樣嘛——聽見了這樣的話。他們兩個好像只是來廁所裡聊天，沒有聽見上廁所的聲響。又聽見他說——根本什麼都不懂。我不太會講，但是那聽起來跟他平常講話的語氣很不一樣，有點像是在撒嬌或是鬧著玩的口氣。另外一個人也回應了些什麼，但我沒聽清楚，也猜不出來他們到底在講什麼事。接著傳來打開水龍頭的聲音，又傳出了二宮的笑聲，然後突然就沒了。我張耳想聽出一點動靜，又聽見了二宮的笑聲。我躲在廁所間裡真是躲得生不如死。用力閉緊眼睛，告訴自己我此刻人不在這裡，沒有任何人在這裡。過了半晌，他們兩人的聲音遠去，我知道他們已經走了，但還是不敢動。又等了一陣子後，確定他們應該不會回來了，才趕緊衝回教室，一確認過二宮並不在教室裡頭便揹起書包，趕緊離開學校。

*

六月的第一個星期結束，第二個星期三來了。我跟小島依照信上約定，在逃生梯那裡碰面。她看到我時稍微舉起了手，我也舉起了手。

之前一直很懷疑，碰面時我不知道會緊張成什麼樣，但實際上卻出乎意料得平穩，好像不久前也這樣跟她見過面一樣。也許是因為通信的關係，不曉得。但要是因為通信，那麼信件這種東西還真是厲害。

「你常會來這裡嗎？」

「嗯，有時候。」

風一吹，小島的身體晃了起來，她好像很高興地笑了。臉上浮著一層薄薄的汙垢，制服皺得很嚴重，外表跟平時在學校裡看見的她沒有什麼不同。粗硬的頭髮看起來好像某種生物，兩道下垂的眉毛底下，一對晶瑩的眼珠直瞅著我望，和善對著我笑。我們兩個把頭探出了柵欄外，眺望底下的街道。一陣強風又吹了過來，小島很開心似地又笑了。風聲與她的笑聲拌在一起，在我耳內響了一陣子。

我們在混凝土樓梯上坐下，不同階。真的很自然就開始聊了起來，彷彿可以這樣一聊好幾小時。彼此聊起了一些小事，我感覺心情非常平和，小島看起來也很放鬆。

我帶了我的國語筆記簿，因為小島要我帶。

「我沒有寫得很好噢。」

「沒關係啦，給我看～」她伸長了手要拿。

「很無聊噢，而且我的字，妳在信紙上也看過不是麼？」我說，但是小島還是說她想要看直寫的不是橫寫的。

我於是拿出我的筆記本，被小島一手搶去。她另一隻手伸進她的包包裡，拿出她自己的筆記本，砰一聲放在我的大腿上。

「交換啦。」

她的字跡跟信紙上的一樣，都是用鉛筆寫，輕輕淡淡很小的字。細細寫了各種瑣事。她雙手攤開我的筆記本，擺在膝頭上，臉湊得很近興致勃勃看了一會兒後哼了一聲，誇張地揚了揚眉毛點點頭，說聲「我大概知道了」後又笑了。我問她知道什麼，她說祕密。接著站了起來，打了個大呵欠。我感覺好像瞥見了她口腔裡頭的那一片紅潤，趕緊別開眼神。

天空遙遠的某處傳來了微微雷響，好像是要把沉默往上推走一樣。「打雷。」小島輕聲呢喃，下巴依然靠在扶手欄杆上，只有臉微微轉向我說。我也說，打雷了耶。

「嗳，之前不是有窗簾跟文庫本……還有板擦繩之類的東西被剪短了嗎，大家還鬧了好一陣子。」

「對啊。」我幾乎什麼也沒想就回答。

四月快結束時，班上接連發現有些工具跟某些同學的文具被稍微剪掉了一點點，引發了一陣小騷動。那感覺已經是好久以前的事了，但是說起來，也不過才兩個月之前。一開始，是發現窗簾邊被稍微剪短了一些，接著是女同學們放體操服的收納袋的線，然後是文庫本封面、板擦繩，還有掃把頭被剪短了大概兩公分左右。接連發現。

每次一有人發現了什麼痕跡，全班就大大騷動一番。每次都不是剪得很明顯，像掃把頭，就是鬚鬚的邊被剪掉了幾公分而已，切口看起來都一樣。這情況連續發生過好幾次。鬧了一陣子要找犯人，但是也沒人找到證據，也沒人知道到底是誰幹的。過了差不多兩星期大家就失去興致了，完全忘得一乾二淨。我那時很抖，真心害怕會不會有人謊稱是我幹的，將事情推到我頭上。那一陣子心情真的很差。但就連我也把這件事給忘了，直到小島提起。

「那是我做的。」

「真的嗎？」我問，稍微有點驚訝。

「大家都不知道是誰啊。」

「嗯。」小島回，過了半晌，盯著她自己的運動鞋尖開始說——

「你不問我為什麼嗎？」

「為什麼？」我問。

「也不是叫你一定要問啦～」小島稍微笑了一下。

「而且也沒什麼非那麼做不可的原因，也不知道該怎麼回答。該怎麼說呢，我每次拿剪刀這樣剪剪剪——不是什麼東西都好哦——但是拿剪刀這樣東剪一點西剪一點的時候，我也不太會說，但是就覺得自己好像終於變得平常了。」

「平常？」

「唔。」

「妳是說感覺很平靜這樣嗎？」我試著問。

「也不算是平靜啦，應該說是相反。」

「相反？那是不安嗎？妳覺得那樣比較平常？」

「也不是啦。」

小島壓低了腳後跟，讓運動鞋跟發出砰砰的聲響。

「該怎麼講呢，我一般時候大多都處於不安的狀態，不管是在家裡或在學校都一樣，都感覺很緊繃。可是有時也有一些比較好的事會發生嘛對不對，像是這樣子跟你聊天的時候，或是寫信時。這種時候，對我來說都是很棒，我就會比較放鬆，比較安心。這種安心感真的讓我很快樂。可是我覺得不管是平時感受到的那種不安，或是這種時候的安心感，其實都是不自然的。我希望我能了解到，無論這兩種狀態的哪一種都是特別的……應該是這樣吧。說起來，人能安心的時候那麼少，人生中幾乎所有時候都是不安的。所以我不想覺得能夠安心的狀態對自己來說是自然的。我有時候就是會剛好處於既不算安心，也不算不安的狀態之中，我想讓那種狀態成為我的準則。」

「準則。」我複誦了一遍她的話。

「對，我想要好好確定這個準則，讓我自己知道，我的標準狀態就是這樣。不然怎麼講呢……真的覺得一切會完蛋。」

「所以妳用剪刀剪東西的時候，可以幫助自己確定那個準則嗎？妳的意思是？」

「對，我一邊在腦子裡唸準則準則，一邊剪一點點剪一點點，那個瞬間，既沒有不安也沒有安心的感覺。準則就出現在我的剪刀前端。」小島說完，笑了。

「那為什麼不剪了呢？」我問，因為那時候有一些物品被剪短而搞得全班大騷動的情況只有持續幾天，之後就霎然停止，完全沒發現了。

「因為那種事，在學校裡做本來就很奇怪啊——」小島嘆了口氣。

「畢竟這是很難跟別人解釋的非常個人的情況。那樣子在別人看得到的地方，剪別人的東西，本來就很奇怪。」

我點頭。

「其實我在家裡也會剪一些紙，雖然覺得不夠勁，可是省麻煩嘛。紙被剪了，沒有人會覺得怎樣，而且剪完馬上能丟掉。雖然我覺得真的值得剪的……或者說一個好的準則，其實是那種隨隨便便就能丟掉的紙張什麼的，應該是更怎麼講……更絕對、更重要的才可以。在那樣的東西上，才會出現準則。我覺得啦，雖然我也不太清楚。」

我聽完，稍微試著想了一下。

「所以妳說更絕對的、更重要的是什麼呢，比方說？」

「唔……」小島沉吟。

「是啊，其實我自己也不太清楚……」小島說完用手指搔了搔眉毛那邊，很大力，我感覺還聽見了咕欶欶的聲音。

「指甲呢？指甲感覺有滿多可以剪的。」我問。

「指甲也未免太無聊了吧？」小島一臉無趣。

「我跟你說啊，重點不是要剪很多，是只能剪一點點。只有剪一小部分噢。你到底有沒有仔細看過哪你，學校那些我全都只剪了最前面一點點邊緣而已耶。全部都很完美地等長。要是剪太多了、剪得太誇張，害那個東西不能用了就不行喔。我的目的，不是要妨礙那個東西本身的機能。」

「妨礙機能？」我重複了一次。

「對，比方以窗簾來說，就是要剪得不能破壞窗簾本身的窗簾性。要剪成那樣才可以。可是指甲……，好啦好啦，剪了之後還是可以用，算符合條件，可是指甲只剪一點點的話很容易勾到東西啊，未免太危險了吧？我爺爺奶奶就是因為指甲那邊受傷的時候，一點小傷沒去管它，結果細菌跑進去，最後演變成人家說的那種破傷風。非常非常嚴重噢。傷口那邊。細菌後來跑到全身，最後咻——地衝進腦門，阿搭罵就壞掉了啊。流口水呀，全身蜷曲呀，最後就死掉了。」

「阿搭罵就壞掉是什麼意思啊？」我問。

「你不知道？很有名呀，就是人類的狂犬病跟狗瘟、腦挫傷那些全部都加起來的非常恐怖的病呀。」

「真的是那樣死掉啊？」我半笑地說。

「當然是真的。我就跟你說是那樣死的啊，都那樣死掉的啊。」小島直直瞪著我眉心之間，這樣回答。

「所以呀雖然很可惜，但是指甲不合格。要更怎麼講，更好的才可以啦。」

之後我們又聊了很多其他事情，真的天南地北地亂聊。從金龜子花紋、腳踏車踏板高度跟雪花球，還有錢不夠的話為什麼不能多印一點等等的。還聊了世界末日。感覺上，怎麼聊都聊不完，可惜時間一晃就過。我們靜靜地眺望天空，西方天空中已經開始被夕陽染紅，一天即將邁向尾聲。烏鴉像尾隨著什麼一樣成串綿延地叫。我不想跟小島說再見。我想問她，我們還會再這樣碰面吧？但我說不出口。小島說聲「我閃囉～」之後又從樓梯旁好搞笑地探出頭來好多次，每一次都害我笑出來。最後她大力揮了一下手，回去了。

*

第一次見到現在這個媽媽，是在六歲那年的冬天。

在那之前，我跟我爸爸的母親一起住。奶奶過世後，隔一陣子，媽媽來了。我爸連一句話也沒有跟我介紹說「這是你的新媽媽」或是「她以後會跟我們一起住」。從那一天起，她住在我家就好像是一件極其自然的事，開始在我家做飯，跟我們一起吃。

「以後我們好好相處吧。」有一天，她表情略為複雜地這麼跟我說，那時候我們已經一起生活了一年多了。她坐在我對面，我正在吃調味有點甜的魚的時候。電視上有一大群袋鼠朝著夕陽奔跑，我們看著那畫面，過了一會兒，我因為不知回答什麼好，只好也說了一句：「好好相處吧。」接著，我們兩個又安靜地吃飯。

我媽現在看起來，外表完全跟那時候一模一樣。跟七年前一樣的髮型，沒有變胖，也沒有變瘦。穿著看起來完全一樣的裙子，襪子永遠在腳踝處反摺出一樣的長度。

「幹麼？」我媽捲著吸塵器電線，看著我問。

「沒事啊。」我說。跟她說泳池開放了，還有考試也開始考了。

「如何啊？」她的聲音聽起來一點興趣也沒有。

「哪一件？泳池還是考試？」

「唔，考試吧。」

「普通啊，跟以前差不多。」

「很難嗎？」

「有些很難。」

「噢——」她邊轉動著肩膀說。

「你不要考個二十分之類的回來耶。要就考零分。」她說完笑了，沒有看我，「我覺得零分還比二十分乾脆。」

「零分很難考好嗎？我記得好像要忘記寫名字之類的，有的科目才會零分。」

「是噢？我倒是不知道。反正你好好加油啦。」她說，拿著吸塵器站起身。

「考完就放暑假了吧？」

「嗯。」

我媽忽然像想起什麼一樣，看著我的臉說——

「噯……，我問你噢。你看這吸塵器的電線，這邊不是貼了一個紅色膠帶嗎？這代表電線最多只能拉到這裡，到這裡就到底了。可是啊，你看這個前面，還有一個黃色的膠帶唷，你覺得這黃的代表什麼意思？我覺得只要貼一個紅的就好了啊。」我媽一臉難以理解地問。

「真的耶。」我跟她說。

然後她就帶著那一臉難以理解的表情去廚房了。

六月的後半，雨一直狂下。每天悶熱得要命。打開窗戶想讓空氣流通，溼氣卻跑了進來，每天都覺得很悶，不管在哪裡都感覺跟在學校裡沒兩樣。美術課時，二宮說要做一條軌道，叫他們那群人押住我，把我的手打開，用釘書機啪嚓啪嚓地把釘書針打在我手上。圓圓的小洞刺痛得要命。烏雲暗垂的日子一天又一天，一直飄散著雨的味道。

我跟小島還是繼續交換信件。

那真的是我生活裡唯一的樂趣。我花上很多時間，用小島送我的信紙認真回信給她。

房裡的字典盒已經裝滿了小島的信。每當我被漠然的不安襲擊得無法成眠的夜晚，想到今後或是學校裡的事而心情難以平靜的時候，我常會躺在床上，望著書架，凝視那裝滿了信件的字典盒盒脊。那裡頭，裝滿了許許多多小島寫給我的字句。在模糊的雙重影像裡，那小小的長方形，感覺正在昏暗裡對我發出朦朧溫暖的光澤。只要我伸長手，就能摸到那光。而且我想，如果小島心情不好的時候，我的信也能帶給她像她的信帶給我的寬慰就好了。

日安。今天過得怎麼樣呀？已經七月了呢。前不久才剛考完期中考，真不敢相信這個月就要期末考了。

前一陣子我數了我們在這兩個月交換的信件，你猜猜有多少？如果你那邊的信件數量跟我這邊的信件數量對不起來的話，那就很奇怪了。所以如果你想知道，就數數看你那邊的信吧。你一定會嚇歪的。

說起來，信件實在是一種很有意思的東西噢？如果我們拜託別人，當然有機會重新再讀一遍自己寫過的信，可是如果沒有，通常一寫出去就沒機會了噢？這麼一想，感覺還滿奇妙的呢。為了怕你將來可能會想重讀一次你在十四歲那時寫給別人的信，我一定會好好保存你的信件的。對了，我想到了一個好主意！一九九九年的七月第二個星期三，我們來約見面吧！不管那時候我們人在哪裡，你說好不好？到時候，我們就把所有我們交換過的信全部帶去見面吧！你不覺得這是個很棒的提議嗎？怎麼樣？到時候要約在哪裡碰頭？等你回信唷～

日安。之前我在書局翻了諾斯特拉達姆斯（譯註：Nostradamus，一五〇三～一五六六，法國預言家，著有預言書《百詩集》〔*Les Prophéties*〕）的預言書，真的像妳講的耶，有拍到太陽是四方形的還有聖母像眼睛流血的照片，可是我還是不知道為什麼那些東西會跟世界末日有關係。不過看了真的覺得滿毛的，真不知道以後會變得怎樣噢？不過每次世紀末好像都會出現像這樣子會有什麼什麼現象的謠言流傳。總之妳不要太擔心啦，要是世界真的結束了，我們就沒辦法在約定好的那天見面了。先這樣囉。

哈囉～二十二歲的你，會是個什麼樣的人呢？最近我時常會想到這種事。要是那時候我們還在通信可就真的很哇～了。

今天我有件事想拜託你耶。其實是想約你啦～

考完了期末考後，我有個地方想帶你去看。不趁暑假去的話，就來不及了。是哪裡呢，是天堂。

請你考慮一下唷。一定會很好玩的。等你的好消息。

日安。

看來妳想一直保密到當天為止吧，我也不禁充滿期待了。不曉得到底是哪裡噢？真雀躍。對了，妳開始準備期末考了沒？我覺得數學要考的範圍比我想的窄，真是太開心了，但理科真是讓人不知道該從哪裡準備起。如果沒及格就得補課了，我們兩個都努力一點吧。先這樣。

喵安～～只剩下英文了耶，我所有科目，沒有一科有自信。

對了，天堂的事啊，我們要不要暑假第一天就去？暑假一開始的早上九點，

我在驗票口那邊等你。

跟小島約好了暑假要去玩後，我心情一直很浮。

小島說的天堂到底是什麼呢？她到底要帶我去哪裡？一切都是謎。但更讓我緊張的是我要跟小島見面，而且還要兩個人單獨去玩。這一點無比重大。我完全不知道這種時候到底該穿什麼、帶什麼還有帶多少錢出門？尤其是打扮。我完全沒想過穿著打扮這種事，總是我媽買什麼我就穿什麼，結果煩惱很久後，決定穿素面衣服就好，不要有圖案的。明明衣服少得可憐，我還是花了好幾個小時又好幾個小時煩惱到底該怎麼搭配上半身跟下半身。最後決定穿一件深藍色圓領 T-shirt 搭配一件從去年開始穿的牛仔褲，腳上套上校外穿的 CONVERSE 籃球鞋。不過我還是不知道這樣配到底合不合適，想來想去不確定，也沒人可以商量這一類的事。煩惱了半天

後，決定還是先這樣子好了，接下來開始煩惱錢。我手邊存下來的紅包錢跟用剩的零用錢總共有將近一萬圓。數完了錢後，覺得有這麼多錢應該不會有問題了，將錢收進錢包，放在褲子口袋裡看看，頓時覺得自己好像大爺喃，感覺有這麼多錢，不管碰到什麼事應該都可以解決吧。接著又開始煩惱穿著。

結業式那天我在廁所拿出了小島的信重讀，接著像往常那樣把信收進了學生手冊的書套，沿著牆壁走回教室後，看見了二宮他們一群人正坐在教室正中央的桌上大聲談笑。我不用特別張大耳朵也可以聽見他們正在講他們補習班暑期輔導的事。我盡量把自己與那些笑聲隔離開來，也避免視線接觸，不發出任何聲響，小心翼翼回到自己的座位坐下，把手伸進了抽屜裡冰涼的地方，靜靜待著。

鈴聲響起了，最後一次班會結束後，整間教室像被解放了一樣吵鬧了起來，大家像平常那樣哄哄鬧鬧地走出了教室，我看見有一個女生走出教室時踢了小島的椅背一腳，把小島嚇了一跳，整個人凝結了半天。那些每次都成群鬼混的女生離開了教室後，又過了半晌，小島才拿起看起來很重的書包跟一堆東西掛在肩頭、拿在手上，慢吞吞地離開了教室。

我目送她離開後，把整疊影印紙收進書包裡，這時，忽然一個跟二宮混的傢伙冷不防往我後腦勺用力拍了一下。我頭一顛，咬到了自己舌頭。臼齒狠狠地咬進了舌根，發出嗝哩一聲的程度。我舌頭麻得幾乎可以聽到聲音，舌根痛得硬直起來，沒辦法闔上嘴巴。鮮血的滋味，竄進了唾液中，在口腔擴散了開來。我只能一直把嘴巴裡頭冒出來的給吞下去。

等大家都走了後，我坐在沒半個人的教室裡，依然痛得不能動。這時候聽見了輕靈的口哨聲，有人從走廊往教室這頭走來了。我不曉得為什麼當下忽然很想趕緊躲到桌子底下，覺得這樣好像比較好，不過來不及了。

進來的人是百瀨。我全身凝結，馬上下意識轉過眼神，不過又偷偷抬起眼來看他。百瀨眼裡好像完全沒有我的存在一樣，他一邊吹著口哨，手插在口袋裡步伐近乎優雅地走向他自己的座位，好像沒有其他人跟他一起進來。

他背對著我，在他自己的座位坐了下來後，腳輕輕配合著口哨打拍子，接著彎下身從他書包裡取出筆記本，好像不曉得在上頭寫些什麼。我從我座位這邊，看不見他在寫什麼，不過有時他會抬起頭來晃一晃，唔唔地點點頭，一直不停寫著什麼。

我望著他時不時動一下的手肘與後背，有意無意聽著那些口哨聲，不知道是什麼曲子。聲音完全沒有破音也沒中斷，完美無瑕的口哨。我也可以起身離開，但不曉得為什麼我沒有那麼做。

忽然有誰喊了百瀨的名字。我往門口看去，有一個女生站在那裡。一頭瀏海很整齊地剪至眉毛處，眉毛底下一對黑溜溜的眼珠直瞧著百瀨。身形跟頭部都很小，很孩子氣的一位女同學。我看見她穿著我們學校的制服，應該是我們學校的學生，不曉得為什麼，她整個人的氣質跟我們班上的女生截然不同，是位面貌清麗得令人無法移開視線的少女，跟我看過的其他女生也都不一樣，而且那張臉離奇地跟百瀨長得超像。百瀨好像也注意到了她，但他依然吹著口哨，依然在筆記本上不曉得在寫些什麼。那女生也好像我人根本不在那裡一樣，理都沒理我，直接走向百瀨，把手放在他桌上，探看他的筆記本，一邊配合著百瀨的口哨聲頭左搖搖右晃晃，一頭筆直的長髮垂到了百瀨的手腕上。她蹲下身，瞅著百瀨的臉，接著又過了一會兒，百瀨好像寫完了，兩個人什麼都沒說就站起來，接著那女生攀著百瀨的手，兩個人就那麼離開了教室。百瀨從頭到尾都在吹口哨。我不知道為什麼整個人茫了，傻傻坐在座位上愣了一下，懷疑剛剛百瀨真的在那裡嗎？有個女同學真的跑來找他，然後他們兩人一起離開了嗎？這些真的發生過嗎？我開始沒自信。接著就在那奇特的感受中逐漸想不起百瀨剛才吹的口哨旋律，也想不起剛剛那個女生的長相了。

又過了半晌。正打算回家時，正要起身，忽然二宮走了進來。我馬上全身緊繃，但二宮好像很慌忙，一看見只有我在教室裡馬上又轉頭就走，但又走了回來，問我有沒有看見百瀨。我搖了搖頭。

2

隔天早上，我計劃提早十五分鐘到，從我家出發，跟我媽說我要去隔壁市區的大圖書館。

我在售票機旁翹首企盼地等著，小島不快不慢準時在九點整來了。一樣的髮型、一樣的運動鞋，穿了一件長度在小腿肚的米色長裙跟一件夏威夷衫。

那件夏威夷衫被夾擊在小島大大的頭跟皺巴巴的長裙之間存在感依然巨大，一點也不遜色。上頭滿滿尖銳的好像葉片的東西跟結實累累好像是芒果的紅色水果，兩邊下襬在小島肚臍附近打成了結。我雖然從來沒有親眼看過穿夏威夷衫的人，但是我一看就知道那是夏威夷衫。小島一看見我，揚起手來打了個招呼，小碎步地跑向我，另一隻手提了一個風格介於手繪與照片之間的貓臉圖樣手提包。

「來了來了～」小島跑到我身邊後這麼說，稍微羞赧地笑了。我也感覺有點不好意思，但是表面上裝作沒事，不動聲色地跟她道早安。她來到我身邊後我一看，發現她今天瀏海用一個前端有玻璃裝飾的髮夾一樣的東西別了起來。

「我今天起得超早耶～」小島搔著她眉毛邊邊這樣講。

「妳幾點起來的啊？」

「四點。」

「嗚哇，好早！」

「妳不睏嗎？」

「剛差不多七點的時候很睏。」小島回答。

「你講話怎麼感覺有點怪？」

她一臉狐疑地瞅著我的臉。

「感覺不太順耶？」

「我咬到舌頭了啦。」我說。

「什麼時候？」她皺起眉來湊近我問。

「昨天。」

「很大力咬到嗎？」

「嗯，非常。」我回。

「很痛嗎？」她眉頭皺得更緊了，我說當然很痛啊。

「你有哭嗎？」

「沒有呀。」我回。小島一聽，問我既然很痛為什麼沒哭，是忍著不哭嗎？

我說不是痛就會哭啊，哭跟痛是兩回事。

「是嗎？」小島狐疑地望著我，歪了歪頭，好像想起什麼似地往後退了幾步，上上下下打量我全身。

「我第一次看見你沒穿制服的樣子耶，哇噢～」

「很普通啦，你不要那樣看啦！」我說。

「妳才哇噢吧～」

「這個啊？」小島低頭望向自己的衣服。

「這件是有點熱帶雨林風格啦。」

「嗯。」

「而且這是我的第一千零一件寶衣耶～」

「寶衣？」我問，「什麼意思？」

「寶衣就寶衣呀，什麼什麼意思？你不會這樣講嗎？」小島杏眼圓睜反問。

「唔——」我稍稍想了一下。

「寶衣就是……怎麼講，非常非常好的衣服，或說特別珍貴的衣服？」

「噢～」我笑了，「寶貝的衣服啊？」

「寶貝的衣服？那不是一樣的意思？」小島反問。

「是吧。」

「唔～」小島又望著她的夏威夷衫，我也望著她的夏威夷衫。

「看起來好夏天哦。」我說。

「是啊！」小島很開心地抬起臉來看我。

「現在天色還很暗，但是我今天睜開眼來一看，夏天已經來了。我馬上就知道了。所以今年的夏天，就是從今天開始囉！」

我們坐在月臺長椅上等電車。深綠的電車正面緩緩駛來，宛如一隻巨大動物喘著氣地發出聲音，所有門一齊打開。

我們那節車廂沒什麼人，只有一對老夫妻、一位穿西裝的上班族跟一位長髮女郎。電車稍微左傾右傾，小島跟我沒說話地望著窗外。沒想到會跟小島兩個人跑來外地玩，我心情很激動。

過了一會兒我瞄了小島一眼，發現她也開始雀躍了起來，比我在學校裡看見她，甚至比在逃生梯那裡碰面的時候氣色都要好，一看見她這樣，我心情也歡樂了起來，剛才心頭上還梗著一股不安，現在已經被她的明朗掃到了腦後。

小島就坐在我身旁，臉比平時靠得我更近，害我有時候不曉得目光到底該看向哪裡，有點窘。小島完全不以為意，跟平時一樣看著我的眉心比手畫腳，東講西講，有時一激動聲量就大了起來，我是不在乎啦，但她自己會意識到，一臉赧色，聲音放得小小地講，接著又慢慢大聲起來。我們兩個都察覺到這現象，兩人都笑了。

「開心胺～」小島說。

「開心胺是什麼？」我問。

「開心胺就是開心的時候會分泌的多巴胺啊。」小島回答。

「沒聽過。」我說。

「痛苦時分泌的就是痛苦胺。」小島又告訴我。

「寂寞的時候呢？」我問，小島立刻回答「寂寞胺」，然後笑了。

聊天稍微中斷時，小島便側臉看著後方窗外，雙手一直端正地擺在她膝蓋上的手提包上，像要確認手提包的觸感似地不停以食指指尖摩挲著手提包。

電車沿林立的住宅群奔馳、穿過田地，筆直朝向剛形成的夏天正中心前進。

小島跟我講起她以前養的貓咪身體是多麼黑多麼軟溜，跟那隻貓一起養的另一隻混血狗又是多麼聰明多麼乖巧，仔仔細細講了許多關於牠們的趣聞。

小島說，她很小的時候有一段時間跟很多生物一起生活過，她的親生父親就是莫名地熱愛養動物。

「有貓有狗，但是我爸最喜歡的是游來游去的金魚、彩龜還有泥鰍呀那些，然後還有鯽魚，也養了很多。」

「噢——」

「然後那個魚缸，不是很貴嗎？我們那時候又沒錢，結果我爸不曉得去哪裡弄來一個超級大、有蓋子的高密度保麗龍箱，三兩下就改造成一個完美的魚缸。我們兩人就一點點一點點，去附近的店買來增氧馬達啊、金魚的橋啊還有彎來彎去的那個東西。我常常把彩龜放在那裡讓牠游泳。對了，你家有沒有養過什麼動物啊？」

「沒有耶。」我回答。

「我家大概是從來沒有想過要養什麼動物一起生活的家庭。」

「你們家裡，沒人喜歡動物啊？」小島瞪大眼睛問，眉毛也同時唰——地一下揚起，活像什麼生物一樣。

「不是啦，應該是……比如說，像我就沒機會跟什麼動物接觸過，所以也談不上喜不喜歡。」

「是噢？唔，不過也有可能啦。」小島這麼說。

「不過我對動物好像也有點興趣耶。我覺得跟不會講話的動物一起生活，應該跟人類一起生活有點不一樣吧。」我說。

「有什麼不一樣？」

「比方說，應該會覺得很安靜吧。」

「你是說，人就算不講話也很吵？」

「不知道。可是人不是一直都在想什麼嗎？跟人比起來，動物感覺基本上很安靜。」

「可是動物會叫喔？」

「就只是叫一叫而已啊。」

「所以不是聲音的問題。」

「不是。」我點點頭。

「唔，人連睡覺的時候也會做夢噢，醒來以後又會針對夢境想東想西，是真的很煩沒錯。人有沒有辦法什麼都不想啊？」小島問。

「可能有一瞬間可以什麼都不想吧，但只有很短暫一瞬間。」我說。

「那不就等於沒有？」小島忍住哈欠，一邊這麼回我。

太陽發出的熱度，晒得脖子後面很舒服，我覷了一眼小島的臉，她看起來好像很想睡。電車重複相似的節奏搖搖晃晃地駛過了農田之間。

「我有時候會想，要是沒有語言，這世界不曉得會變成什麼樣子噢？」我隨口說。

「可是會講話的只有人類噢。狗不會講話，制服也不會，桌子、花瓶都不會噢。」小島看著我的臉。

「對噢，我們的存在，在天地之間真是壓倒性的少數噢。」我說。

「會使用語言講這講那製造出一堆問題又做這做那的，在這世界上就只有人類了啦，真的有點蠢耶，仔細想的話。」小島說，鼻子哼了一聲後笑了。我也說真的耶，點了點頭。

電車持續發出規律又堅硬的聲響，幾乎以同樣距離靠站停車。每一停車，便會響起車長廣播站名的聲音，麥克風關掉時，總會發出「啵咿吱——」一聲遲悶的聲響，小島說那真的聽起來好好笑噢，好悶耶。說完嘻嘻地笑了。窗外依舊閃過一片又一片的農田，電車飛馳過一戶又一戶的小住宅，草尖銳利光芒閃閃滅滅，隨我們的奔馳流瀉而過，宛若一道道劃過的光痕。

「噯，小島。」我忽然想起來，開口問。

「我們現在要去的天國啊——」

小島一聽，馬上瞇起了眼睛搖搖頭。

「No～不是天國，是Heaven。」

「Heaven。」

「是，Hea然後ven，Heaven。」

「Heaven。」我複誦了一次。

小島輕輕微笑。

「對，不過現在還不可以告訴你，等到了你就知道了啦，忍耐一下。」

我點點頭，小島也滿意地點點頭。接著，我們兩人就靜默地看著窗外流瀉的景致，隨電車搖搖晃晃。

「不過啊……你剛才講的，我覺得我也不是不懂耶……」小島半晌之後忽然開口。

「像桌子啊花瓶那些，就算外觀受損了，但看起來它們就是不會受傷。」

「妳的意思是說，它們就算真的受傷了，因為沒辦法跟任何人講，所以被當成不會受傷的東西？」

「我也不知道，也有可能是那樣。」小島回。

「桌子跟花瓶就算有了傷痕，也不會受傷吧，大概。」小島輕聲像自言自語一樣地說。

「嗯。」我點頭。

「可是人類就算外表上看起來沒事，心底也會受傷。我猜。」小島說得比剛才更小聲，接著安靜下來。

她的指尖一直摩挲手提袋上的貓咪臉頰那一邊，我一旁看著沒說話，電車在下一站停了下來。車門打開。幾個人下了車，又有幾個人上了車。接著車子再度緩緩駛出。過了一會兒，小島像要確認她自己所說出來的每一個字眼一樣，一字一字慢慢說——

「我們……要是一直就這樣，不管誰對我們做了什麼，我們都不說的話，不曉得有一天能不能真的就只是變成一個單純的物品噢？」

我不曉得該怎麼接，默默垂下了視線，望著地板。大把大把的陽光從所有車窗灑進車廂，小島的運動鞋顯得那麼骯髒暗沉，沒有任何一個地方是白的。

「妳的意思是說，」我說。

「就算沒辦法變成真正的花瓶或桌子，但是我們可以假裝自己只是一個物體而已嗎？妳的意思是這樣嗎？」

「是啊。」小島回。

「我們……」我才剛開口，小島便打斷了我的話。

「我們現在也已經只是一個物體了啊。」說著輕輕咬著下唇，笑了起來。

「就算沒辦法變成真正的物體，我們現在也已經活得跟物體沒兩樣了啊。」

她說完後，右手伸進頭髮裡輕輕搔起來，沒再繼續說什麼。之後便一直凝望著手提包上那貓臉，我也默默跟著凝視那邊。

「反正大家都是物體嘛。」我毫無來由說了這麼一句。

「就是啊。」

「沒辦法啊。」我一說，小島馬上輕聲笑了起來，我也被她傳染得笑了。

電車劃出了微緩弧度，窗外住宅也跟著一下子近、一下子遠，不斷重複。

「問題是——」小島過了半晌後，嘆了一口大氣說——

「就算只是物體，大家都不願意放我們一馬，把我們當成牆上的鐘一樣不要煩我們……」說完眼神飄向了窗外，又補了一字「啊～」後轉頭看著我的臉笑道：「快到了耶。」

出了票閘口，沿著豎立的木製指標走了一會兒，左轉往前筆直走了一陣便看見一棟巨大的白色建築。

那裡就是美術館。

美術館裡的牆是白的，地板也是白的，天花非常高。還是上午而已，卻已經來了不少參觀民眾，各自在館內悠緩參觀。人們輕柔的說話聲，像是摩挲布料時所發出的聲音一樣，被吸進了建築物內側那一大片純白之中。許許多多被溫暖小燈打亮的畫作一路延續到了後頭的牆上，有些看起來彷彿浮在牆前面一般。小島走到第一幅畫作前突然轉頭看了我一下，接著臉色一轉嚴肅，悶聲不吭地盯著眼前的畫看了半天，接著忽然又往下一幅畫作移動。

我也跟在她身後一兩步處依序欣賞畫作，接著轉頭看看正在看畫的小島。

小島先站在離畫有一點距離的地方欣賞畫作，接著緊閉著嘴唇，往前緩緩走近一兩步，再看一下畫作，看得差不多了之後，就轉頭看我。她賞畫的表情看起來一點也不享受。緊皺雙眉，看起來甚至有點痛苦。接著仔細看了一下畫作旁邊的說明，好像想得非常痛苦，之後猛然往後退了幾步，嘆口氣，接著像被推著往下一幅畫一樣，移動到下一幅畫作的前面。

那邊的畫，看起來全都很不可思議。

塗滿紅色或綠色的帆布上，動物跟新娘子手牽手跳舞。看起來像山羊的生物嘴上啣著小提琴。燃燒般的巨大花束底下，男女擁抱。

毫無脈絡的幾種不同影像湊在了一起，看起來像是夢中世界。那並不是沉穩的夢，那裡頭的喜悅雖然是喜悅，卻是可怖的喜悅。悲傷，則是壓倒性冰冷。看起來像被砸上畫布一樣的青色被龍捲風似的黃色追趕著撞擊在了一塊。許多人張大嘴巴圍成一圈，圓圈裡頭，馬戲團四散各處。雪般的小鎮上，披上了白布的男人閉眼祈禱。不管哪一幅畫都展現了一種既毀滅同時又彷彿有什麼值得慶賀的事物正在誕生的瞬間。這些畫裡頭，擠滿了許多世界。被捲入風車般太陽中的人們。被打上岸的魚。被給予了一對比人更有人性的眼珠子的闃靜的馬。臉色死白的新娘。

「你有沒有在看哪？」

茫然呆立在畫作前時忽然聽見小島說了一聲。我一回神，說有啊。

「怎麼樣？有沒有看到喜歡的？」小島壓低聲音問我。

「還不太知道耶……」我說，看到小島表情比方才柔和了許多，放鬆了一點。

「妳說的 Heaven，就是這間美術館嗎？」我問她。

「不是啦。」小島回答。

「Heaven是一幅畫啦。」

小島說完後鼻子哼了一聲，看著我的臉說——

「是我最、最喜歡的畫。」

「那幅畫的名字叫做《Heaven》？」我問道。

「不是。」小島搖頭。

「這個人啊，你看他畫得那麼好，可是他取的名字全都好悲啊，又好無聊，你看你看——」

小島指給我看的那張說明牌上，寫的畫作名稱的確跟畫比起來是滿無聊的。

「取得很爛吧？」

「真的耶。」我笑了。

「所以呀，我幫他重新取了名字。」

「妳？」

「對啊。」小島給我一個很得意的笑。

「這幅畫啊，是一對情侶在房間裡面吃蛋糕。紅色的地毯跟桌子，多麼美好的景象啊。而且這對情侶的脖子，可以隨他們高興隨便自由伸縮喔，不管他們人在哪裡正在做什麼，只要想要隨時可以在一起，很方便吧？」

「真方便。」

「是啊。」小島很開心地笑了。

「然後這間房間，你剛看會以為是兩個不同家裡不同的房間，其實那裡是 Heaven 喔。」

「天國？」

「No～是 Heaven。」小島偏著頭認真說。

「那裡是 Heaven 的話，代表這對情侶已經死了嗎？」我又問。

小島從喉嚨深處擠出了低沉的聲音，瞅著我的臉說——

「這對情侶呀，發生過很難過很難過的事喔，很悲傷的，非常非常悲傷的。但是他們兩個撐了過來呢，所以他們現在正住在對他們來講最、最幸福的世界中了。是這樣子喔。他們熬過了苦難，到達這看似平凡的房間，其實正是Heaven呢。」

小島說完後嘆了一口氣，揉揉眼睛。

「Heaven。我每次都會翻開畫冊一直看這一幅畫喔。一直、一直看。」

「唔。」我點點頭。

「不只Heaven，其他畫我也會翻開畫冊一直看，看太久了，反而覺得好像這邊的才是假的了。你看——」小島跟我說。

「馬的臉頰那裡有牛奶流了下來，所以馬兒戴上了項鍊呢。」

「顏色很美。」我說，很有溫度的一幅畫，但也讓人感覺很奇特。大大的臉跟大大的色塊。我望著那幅畫看了好一會兒。

「然後啊——」小島以一種寂靜的聲音說。

「這個綠色的人，跟馬的眼睛之間有一條白色的線連結起來噢。」

小島的口中說出「眼睛」這個詞的瞬間，我心頭猛然震了一下。

她又繼續安靜看畫。

就在她後面不遠處，一個看來才剛學步不久的小小孩掙脫了母親的手跑了起來，撞到正站在那裡的小島腳邊跌了跤，嚎啕大哭了起來。小島也被那個小小孩的聲音嚇了一跳，全身僵硬。小孩的母親拉著小孩的手，將小孩牽起來後，馬上跟小島道歉，「對不起呀」，可是小島看起來不知如何是好，也對那位母親低頭致意。那對母子走了後，小島依然怔怔地望著他們背影看了良久，最後大大吐了口氣，轉過頭來以同樣目光一直瞧著我的臉。

她整個人看起來好痛苦又很悲傷的樣子，讓我有點擔心。我還來不及跟她說什麼，她又已經回去看畫了。

「Heaven 在哪裡啊？還很後面嗎？」我過了一會兒才問她。小島把臉轉過來的瞬間，我霎時有種錯覺，感覺似乎看到了自己的臉。

「嗯，Heaven 在最裡面。」

小島靜靜回我，接著說，

「我有點累，想休息一下。」

走出館外後，小島立刻在長椅上坐了下來，靜靜地動也不動。

我說我去買點飲料給妳喝，但小島說她不渴，於是我去自動販賣機買了自己的飲料來喝。太陽已高掛在天空，光是坐著不動，也感覺腋下跟脖子都滲出了汗水。小島的鼻下被汗水濡溼發著光。從我們坐著的長椅上，看得到微微有點熱鬧的大草地，看得見有些家庭、情侶跟一些群體攤開了地墊在草地上吃午餐。有些人在玩球，有些人脫掉了衣服躺著晒太陽。有些大樹。樹邊有些人正靠著樹幹在看書。盛夏，我心想。天空毫不吝嗇地從遙遠彼方往人們撒下了青藍。小島把貓臉的手提包放在她膝上後就一直雙手牢牢抓著不動。我喝了口飲料，才發現自己並不那麼渴。

「妳身體不舒服嗎？」我有點猶豫，但還是開口問了她。小島緩緩搖了幾次頭，又好像想起什麼一樣地又搖了搖頭。我點頭，再度把目光移向草地上那些人。看起來都好像一幅畫噢，我心想。人們打從我們面前走過，各式各樣的人。我用手背抹去了好幾次汗。

過了一會兒後，我問小島要不要回家了。小島沒有回我，只是搖搖頭。

「傷心胺？」我終於鼓起勇氣問出口。可是小島沒說什麼。我後悔自己為什麼要那樣問，只好呆坐著不動。

又過了老半天，我發現小島在哭。

她沒哭出聲，只是稍微背對著我用手揉眼睛。淚水順著她的手掌垂到了臉頰，我兩手握著已經變溫的飲料，只能愣怔怔望著地上。想講點什麼安慰一直壓抑著不哭出聲的小島，卻又不知道該說什麼才好。

「發生了很多事……」過了一會兒後，小島輕聲這麼說，接著用手心按了按臉，轉頭對我說了聲對不起，聲音輕得幾乎無法聽見。

「真是……」小島像想打哈哈糊弄掉臉上哭痕這件事般，給了我一個很抱歉的笑容，但那笑容看起來也好像在哭。

小島的眼睛都紅了，我看見一串鼻水隨著她的呼吸差點流出鼻孔，又被吸了回去。吸回去後又差點兒流出來。夾在粗硬炸毛般瀏海上的那只髮夾，好像已經快要掉下來，仔細一看，小島右邊臉頰上有塊橢圓形好像皮膚被翻起來的地方膚色比較淡。我從來沒這麼近距離看過小島，她比我以為的更為弱小。沒什麼生氣，好像一隻靜靜等待別人把自己帶走的無力的小動物。事實上，我們真的是無力的人。但就在我身旁，坐在長椅上的小島看起來比我至今為止所看過的任何孩子都更加柔弱。比我在學校裡看見的她，更為弱小。我感覺心情很悲傷，但只能靜靜看著。這樣的我也一樣無力。

我不知道小島到底為什麼哭，兩個人就這樣默不吭聲地坐著，坐到最後周遭只剩下我們兩個。小島和電車裡一樣，指尖摩挲著貓咪臉頰，我猜這大概是她的習慣吧？小島可能已經稍微放鬆下來，忽然抬起頭一直朝著天空看——

「天氣這麼好，真的不想動耶。」

七月的晴空，完美吸收了盛夏，在我們頭上動也不動。

「好像被關在天空底下一樣。」小島稍稍笑了。

「好像蓋子喔。」我也跟著附和。

接著小島把手伸進手提包裡面，拿出面紙，問我介不介意她擤鼻涕。我說不介意啊，於是她大聲用力地擤了鼻涕。

「還好今天有帶面紙出來。」小島邊吸鼻子邊說，「用力擤出來好舒服。」

「太好了。」我回應。

「因為我平常不帶面紙的。」

「噢。」

「今天剛好有帶，太好了。」

「真的耶。」我點頭。

「你要不要也擤一擤？」

「我還好，謝謝。」我說。

「我身上平常真的不會帶什麼東西出門耶，這樣一想，」我說，「大概就只會帶錢包吧。」

「你喜歡的鉛筆呢？你都不帶啊？」

「只帶鉛筆也不能寫啊。」

「難怪大家都會帶筆記本。」小島說。

「可是把筆記本帶在身上的話，口袋太小了。」我瞄向自己那條牛仔褲的腰際這麼回答。

「其實我也沒有帶什麼東西。」小島說著，打開手提包給我看。

「錢包、面紙，還有剪刀而已。」

「剪刀？妳居然帶剪刀？」

我有點訝異。小島有點糗地點點頭，馬上慌張補了一句——

「不是啦不是啦！你不要誤會。我沒有再剪東西了啦！」

「沒有關係呀，那有什麼關係，剪東西又不會怎樣。」我也補充一句。

「只是沒想到妳會把剪刀帶到美術館來，有點被嚇一跳而已。」

「我又不是特地要帶來美術館的……。」小島聲音聽來有點困窘。

「也對噢。」我道歉。

「除了學校以外，我去哪裡都帶著啊……，也沒有要幹麼啦，就只是帶著而已。也不是說帶在身邊就會很安心，只是就……帶著……」小島闔上手提包開口，把手提包捲起來擺回膝蓋上。

「嗯嗳……剛……抱歉噢。」

小島雙手掩在嘴上，很不好意思笑了一下。草皮那頭傳來男女笑鬧的聲音，好幾輛腳踏車從我們眼前騎過。忽然有道刺眼光線射了過來，我瞇眼一看，遙遠草皮那頭有人攤開了銀色的地墊。

我思考了一下，提議——

「小島，妳把剪刀拿出來。」

小島雙手老老實實抱著手提包，揚起一道粗眉訝異地看著我。

「你要幹麼？」

「沒幹麼啊。」

「為什麼啊？」小島眉上擠出了幾條皺紋。

「沒有為什麼啦。」我笑了。

「你在笑什麼啊？」小島一頭霧水瞅著我。

「你不要笑啦！」

「好啦好啦，抱歉抱歉，我不是在笑妳啦。」我又笑了起來。

「到底在笑什麼啦！」小島依然一臉困惑，僵著聲音問。

「我沒有笑啊。」

「你明明就在笑。」

「因為妳不拿出來嘛，我都說叫妳拿出來了。」我依然笑著說。

「所以我才問你要幹麼啊，從剛剛就一直問了……」小島說完，閉口不言了。

我們兩人好一陣子默不說話，各自盯著各自的鞋頭。我的腳比小島的整整大了一圈，我發現腳這種身體部位長得還滿奇特的。就這麼胡思亂想百無聊賴盯著自己的腳瞧啊瞧，小島忽然輕輕踢了我的鞋邊一腳，我也踢了回去，報以顏色。我們兩個就這麼踢來踢去的，接著小島把她的鞋子抵著我的鞋邊說「你腳好大噢」，我笑著回，「我是男生啊」。「嗯」，小島點點頭，我們兩個又靜了下來。

「妳可以剪我的頭髮喔。」過了一會兒後我說：

「妳之前不是說過嗎，就妳說的那個……準則變得很不明確的時候。像那種時候，妳可以剪我的頭髮噢。」

小島呆呆張開嘴巴看著我。

「頭髮……為什麼？」

「因為頭髮感覺不錯啊。」

「頭髮？頭髮的哪裡？」

「哪裡都可以剪啊。不過妳要是剪得像狗啃的，我也會很困擾啦……好啦，其實也不會。就那個嘛……，妳說過的，只要不會損害到我頭髮的髮質，哪裡都可以隨便妳剪啊，沒有問題啦。」

小島聽完我這麼說，右手摩挲左手手背，一副想說什麼卻又不知該如何說起的神態。

「妳每次覺得不安或覺得太安心的時候……妳是這麼說的吧？那種時候，妳就可以剪我的頭髮呀，不用再避開妳家裡人的眼光偷偷剪那些傳單什麼的，妳隨時都可以剪我的頭髮呀。」我說。

小島直直盯著我的臉。汗水從她臉上的毛孔汩汩湧出，彷彿已經化為肌膚一部分似地漲了起來。大概是因為此時接近正午，氣溫正在攀升。天空萬里無雲，我們坐著的地方連一塊影子都沒有，只有偶爾想起來似地吹來了一陣溫溫的風，撫過我們周身。小島最後好像終於鬆下了身上那股緊繃感似地，眼睛依然望著我，點了點頭。

她垂著頭，緩慢地打開了放在她膝上的手提包，慢吞吞地把右手伸進去，拿出了一把剪刀來。我看不見她什麼表情，因為她蓬鬆的頭髮遮住了她的臉。拿出剪刀之後，她盯著剪刀看了一會兒。那是一只手把處用黃色塑膠做成的圓頭美工剪刀。

有些地方沾著顏料，有的地方變了顏色。看起來好像已經用了很久。

「我從一年級用到現在。」小島過了半晌，盯著手上的剪刀靜靜這麼說。

「一年級？去年嗎？」

「不是，是小學一年級。」

「那不就已經用了八年了？」我真心佩服。

「真的沒關係嗎？」小島又靜靜問：

「真的可以剪你的頭髮嗎？」

「真的啊，沒關係啊。」我說。

小島右手拿著剪刀，左手包住了銀色刀刃處，望著剪刀老半天，好像還在考慮什麼。

「唷～」我半開玩笑喊了一聲，挺直了背把手放在膝頭上，背朝小島重新坐好。

小島在我身後依然靜止不動，過了老半天，我察覺她把手放上我頭髮。

她的指頭從我耳朵後方伸入了頭髮，抓起了一小撮，搖了搖，讓多餘的髮絲落下。這樣重複了好幾次後，拿著剪刀的手在我後腦勺上方不遠處用剪刀刀刃掐住了一小撮頭髮。過了一兩秒，我聽見喀嚓一聲，起了雞皮疙瘩。同時，小島的嘴邊也溜出了一聲聽來像嘆息的聲音。

一轉頭過去，看見小島左手捏著那束頭髮，把髮絲握在了掌心中，右手拿著剪刀還微微打開，低頭不動。她好像把我的頭髮從靠近根部的地方剪了下來，那一束寬約兩公分，長度應該超過了十公分。我們兩個就那麼樣杵著不動。

小島眼睛看著地面，把頭撇向一邊，將握著我髮絲的那隻手直直往我伸過來。

「噯，妳一直這樣把手往我伸過來，我也不知道該怎麼反應耶。」我笑了出來，小島像是對我的那句話也起了反應一樣，猛一抬頭，臉已脹得通紅，以一種不知道該怎麼辦才好卻又很開心，兼之羞赧又噙著淚水的難以言述的表情正在笑著。

「感覺……」小島硬生生擠出幾個字，紅著臉看我，眼神閃開，又轉了回來。她抓在手心那束頭髮還垂在我嘴巴邊，於是我做出張口就要吃的動作，看得小島笑出了聲音。我看見她笑，也跟著笑了。

「我頭髮還很多，妳下次還可以再剪。」我將手伸進頭髮中，摸摸小島剛才拿著剪刀抵在我頭上的那塊地方跟她說。剪之前跟剪之後，感受不到有什麼不同，但我頭髮的一部分，確確實實被小島握在手中。

小島一直凝視著那一小撮頭髮。接著她把頭髮放在拿出來的面紙上，捲起來要收進手提包裡。我看見了問她，之前她剪下來的東西都怎麼處理，小島說她都丟掉了。

「那這個也丟掉吧？」我說，「要一樣呀，不然不行。」

雖然這麼說了，她看起來好像還是有點猶豫。

「可是這個跟之前的不一樣。」

「一樣啦。」我說：

「要當成一樣的才行，一視同仁。」

小島好像還是很難下定決心，一直瞅著那撮頭髮。

「沒有問題啦，我等一下說丟，妳就把手打開噢。」

「不行啦！」

「行啦！」我說：

「哪有什麼不行的，妳隨時都還可以剪啊，快點啦。」

「我沒辦法啦！」

「可以啦！」

小島看來還是有點不安，但過了一會我一喊，她馬上反射性張開手。她的肌膚顏色霍然展現在我眼前。小島短促訝喊一聲「啊！」下一秒，剛剛還有著髮束形狀的那一小撮東西馬上就輕飄飄懸浮在空氣中，左蕩右晃地四散落下，沒兩三下就不曉得消失到哪裡去了。

之後我們沒有再回去美術館。

回程在電車上玩接龍，小島心情逐漸轉好，我也說了幾個笑話成功惹她發笑。從早上到現在都沒吃飯，肚子很餓，兩個人肚子都呱呱叫了好幾次。我們發現肚子叫的聲音竟然有音階呢，講起來笑得不得了。不過隨著到家的車站逐漸接近，我們漸漸閉起嘴巴。也沒再怎麼看風景，只是靜靜隨著電車搖晃。

到站後，一切都如常得令人生厭。但就連在那兒，逐漸拉長了昏茫茫淡影般的夏日傍晚也正逐漸逼近。傾瀉在剛才我們兩個人待的那處公園的夏日，跟漂淌在這兒的夏日，感覺成分好像不一樣，全然毫無干係。汗水在襯衫與肌膚之間無人知曉地悄悄冷了，我們的身體也開始僵硬。我跟小島什麼也沒說，可是彼此心底知曉。

小島說，那掰啦～舉起手揮了一下。我也說掰啦。她靜靜看著我的臉，踏出了腳步。轉過轉角，消失。

我愣怔怔站在那裡好一會兒，四下眺望。此刻，是夏日初始。我人正站在這夏日的正中央。現在這個地點，是今天剛揭開序幕時小島跟我約好碰面的地方。但即使這麼想，還是久久覺得很不真實。

3

暑假第一個禮拜就把暑假作業全都做完了，之後什麼也不用做，每天幾乎都癱在房裡看書，哪兒也沒去。

吃飯時間一到，我媽就喊我，每天我們一起吃飯。我爸幾乎不回家，偶爾回來了也只是待一下，馬上就走。

不用上學，自然也不用跟任何人見面，我的生活平靜得跟家具一樣。不用被任何人看見的這件事，帶給我全然的安心感。雖然這不過是一陣短暫的平穩時光，但只要像這樣自己一個人待在這裡，不管任何人，都無法動我一根寒毛。當然這也表示我也無法跟任何人接觸，但那也沒辦法。

然後我就想了，要是二宮那夥人能就這樣忘了我，該有多好？

甚至會出現這樣的想法，幻想著暑假結束去上學的時候，發現二宮他們早已把我的存在從他們的記憶中消除，看見我沒有任何反應。沒有感覺，沒有情緒。不曉得他們暑假發生什麼事，他們完全變了，對我沒展現出一絲一毫的興趣。我當然也知道，一直這樣幻想只會讓自己心情更消沉而已，可是我就是無法克制自己不要想。一整天漫無目的淨想著這些白癡事，有時候還帶上了一種祈禱般的心境。像這樣待在家裡時，會覺得以前學校發生的事像是很久很久以前我在故事書上看過的一段故事而已，那些全都跟現在人在這裡的我毫無干係。

跟我媽吃飯的時候，總是一邊看電視。

電視上每天都會報導一大堆意外呀事件呀，數都數不完，新聞中規中矩地把那些給報導出來。有什麼判決、誰公布了結婚消息、支持率、合約、有人被殺、出現龍捲風……什麼報導都有。

幾天前，也有則遭到霸凌的國中生自殺的新聞。

昏暗攝影棚內，一束光照射在桌面紙張上，旁白靜靜讀出了遺書似的日記一部分。朗讀完了之後，畫面出現那位男同學生前所念國中的校長與相關人士低著頭道歉，還有臉被打上馬賽克的其他學生受訪片段。男學生的老師與家人、同學全都眾口齊聲地表示完全沒注意到有那樣的狀況發生。他，已經死去的他，生前到底遭受到了怎樣的霸凌欺侮呢？新聞報導他時常被勒索金錢，東西被偷，還遭受嚴重暴力相待。

電視關掉後，新聞就會消失，可是我的人生不會消失。沒可能消失。這麼一想，忽然好想張口大喊。為了抑制這股衝動，只能告訴自己，跟那個人比起來，我的境況不是還好嗎？但是這樣想，只會讓我更痛苦，再怎麼說拿自殺的人的苦痛來自我安慰實在太過卑劣。就算這樣能夠暫時欺騙自己，假裝自己可以放心，但那也只是假裝而已，無法解決任何問題。

一切問題根源，都出在我的眼睛。

就算校園生活結束了，環境改變了，只要我還是斜視，基本上應該都不會改變吧。雖然現在的我還無法確知，可是搞不好一切從一開始就已經註定了。總有一天，我會像電視上那個自殺的國中生一樣死掉，也許被殺。或者，我現在根本早就已經死了。這些念頭嗡嗡嗡地不斷盤旋腦中，讓我逐漸分不出來自己到底在想什麼。只覺得想吐。無比畏懼。

我站在鏡子前面試著觀察自己的臉。右眼珠無力地垂向眼尾，依然是不知道到底在看什麼的死樣。好噁心啊。我將臉貼近鏡子，不管眼睛如何靠近鏡中自己的眼，我的視野都無法捕捉到自己的眼睛。我的眼珠，就像詭異的深海魚一樣溼溼靜靜地永遠一動也不動垂在那兒。

小島跟有這種眼睛的我走在一起的時候，像那天我們去美術館時被人家看見她跟我在一起，會不會讓她覺得很丟臉。我們在學校裡之所以不講話，也是因為我會讓她有那樣的感覺吧？她是怎麼看待我的眼睛的呢？怎麼看待我這個人呢？這些我已經想過無數次。

那麼我呢？我心想。

我對小島又是什麼想法？為什麼我在學校的時候不跟她講話，也避免跟她有眼神接觸？那是因為……二宮他們很可怕啊。那麼，為什麼我覺得害怕呢？我是怕被傷害嗎？如果那令我覺得恐怖、覺得畏懼，為什麼我不靠自己的力量去改變？說起來，被傷害到底是什麼意思？是被欺侮、被施暴？可是為什麼我只能任由他們欺負我、傷害我？乖乖順從又是什麼意思？為什麼我覺得害怕？我害怕什麼？害怕到底意味著什麼？這些，任我想破了頭也想不出一個結果。

總之熬了過去，我想看一會兒書但已經覺得很疲倦，於是靠著牆壁發呆。我摘下眼鏡，揉了揉眼睛，不斷用力揉。擺在書架上的書跟桌腳，它們看起來永遠那麼孤伶無助的樣子。房間無臭，無味。我拉下褲子拉鍊，把陰莖掏出來開始揉搓，最後把揉成一團的面紙靠在龜頭射了精。只要這麼做，就覺得心中那股惶惶然的不安能夠稍微鎮定下來。我將沾滿精液的面紙用好幾張乾淨的面紙再包起來，暫時放在枕頭旁邊，等一下再拿去廁所沖掉。只有在這種早已習慣的無以言說的不安襲來時，我才會自慰。我不想讓自己的射精與射精欲望被那些溫暖的、能讓我心情開朗起來的事情搞混。不知為什麼，我自慰時絕對不會去想小島的事，我無法想起她。

在房裡做這件事時，有時會聽見我媽正在用吸塵器或是洗碗的聲響，不過她從來不會突然開門進來我房間。我閉起眼睛，聽著數著那些彷彿從什麼遙遠的地方傳來的聲響，一邊摸著已經變小的陰莖，感覺自己身體好像就要不斷不斷往下沉，像鉛一樣，從外側逐漸變沉。沉入了地毯中、被迫鑿穿一層又一層的天花板，感覺就要這樣無盡地沉下去了。實在太痛苦了。我有時候撐不住就會掙扎著爬起來，把陰莖收回褲襠，打開窗戶，探頭往外看。從窗邊看得見許許多多的各種景象，但是沒有人、沒有任何對象會看得到我。存在那兒的巨大夏日，似乎也跟我一樣舉步維艱困在了那兒。像這樣的日子，我會想起小島，想著她不曉得正在幹麼。

*

進入八月，過了盂蘭盆節之後，暑假確確實實邁向了尾聲。

我媽有好幾次一副想跟我說什麼的樣子，但終究什麼都沒說。有時我們坐著一起看電視，有時她要我下樓去看信箱裡有沒有信。我一下樓，看見一些小孩子著泳衣或是沒穿泳衣正在往塑膠泳池裡注水，拿著水管噴來噴去，發出幾乎像哀嚎的亂吼亂叫。

我很想見小島。

距離新學期還有十天。

這麼一想，便覺得難熬，我想過要不要打電話給她（翻一年級的通訊錄應該查得到），但是小島也知道我家電話，如果她想跟我講話自然會打來？這麼一想，又沒有打了。但轉念又想，萬一小島想的也跟我一樣呢？萬一她也正在等我打電話過去呢？怎麼辦？就這麼想來想去，腦中把最後一次見面相處的細節全都想起來了。小島哭了。小島輕輕抓起我的頭髮剪掉。走過乾燥的土壤與熱燙的柏油路的觸感。那一小撮的頭髮。這麼一想起，便湧現真的跟她一起度過了一段非常親密時光的感受，讓我心頭不禁有點緊，於是開始覺得打電話給她應該沒關係。可是直接打到她家，還是令人有點退縮，於是我想了好幾個方法，查了通訊錄上她家的地址之後，決定跑到她家附近等她。等她一出門，便跟在她身後伺機假裝偶然碰見，和她打招呼。

小島家在林蔭大道的另一頭。熟悉的景色，令人油然想起在學校裡發生的那些事。再過十天，我就要以與現在截然不同的心境走在這條路上了。不，一定是更慘烈的心境吧。無止無境。我雙手捧著自己的臉，拍了自己臉頰好幾下，深呼吸一口氣，逼自己調整好心情往前走。

照著事先查好的地圖路徑，幾乎沒有迷路就抵達了目的地。我一眼就認出小島她家。她家是一幢茶褐色的磚造獨棟住宅，看起來氣派堅實，牆上還嵌著一塊石製門牌。我從來沒見過那樣子的門牌，於是多看幾眼，愈看愈覺得那不像門牌了，反而像什麼小型墓碑，非常奇特的感覺。門後可以窺見好幾棵不知名的樹，樹上有巨大樹結扭來扭去，更後方，是一棟看起來很堅固的三層樓大宅，所有窗上都垂著白色蕾絲窗簾。雖然房子看起來不是很新，但也不舊，就像一棟很貴氣的住宅，讓我有點出乎意料。

我躲在看得到小島家玄關的地方窺看她家裡情況，因為流汗的關係，眼鏡滑了下來，我好幾次都得把它重新推好，但還是一直滑。

感覺似乎在那兒待了很久，但實際上應該不到十分鐘才對。我光站在那裡，就覺得自己好像正在幹什麼難以補救的蠢事。不同於熱汗的另一種噁膩的汗水，混雜著熱汗流滿了全身，我一直擔心會不會有人看見我正在窺視別人家的鬼祟樣，緊張得肚子都脹氣了，一陣一陣地壓迫食道，喉嚨也像被掐住般開始收緊。緊張的情緒沿著手臂傳向掌心，掌心也開始抽痛起來。我逐漸按耐不住了，逃也似地離開了現場。

說起來，我根本就不知道小島每天的作息，也不知道她每天到底什麼時候出門，毫無線索就想守株待兔，實在很無知。邊走邊想，回頭看了自己逃過來的那條路，確認沒有任何異樣，終於鬆了一口氣。而且就算小島真的剛好走出來好了，我也沒辦法假裝真的是剛好在那邊碰見她吧，這種情況以前又沒有發生過，以後當然也不可能發生。可是……不對呀，就是這樣才叫偶然啊。僅只那麼一次的偶然啊？想呀想，又想呀想，腦袋裡亂七八糟，經過了學校走到林蔭大道上時，突然身體急遽鬆懈下來，差點兒就當場蹲下去。我感覺褲管裡的大腿冰涼涼的，之後原地呆站了老半天。

兩天後，小島打了電話來。

上午電話曾經響過一次，我媽接起，對方無聲掛斷。

「掛了……」

我媽自言自語似地把話筒放了回去，走回去廚房後又過了一下，說午餐放在冰箱裡，叫我自己一個人吃，她要出門一會兒，接著人就不見了。我打開冰箱，盤子上盛著蕎麥麵，包著保鮮膜。我沒什麼食欲，於是坐在沙發上，正發呆的時候電話忽然又響了。我接起，是小島。

喂——。我一聽聲音就知道是她。但我的聲音卡在喉嚨裡。小島說好久沒聯絡了，我也說好久沒聯絡了。之後隔了一兩秒聽得到電話裡夾雜著唧唧聲的短暫沉默後，小島說電話有點討人厭耶，我說不會呀，電話很方便呀。接著她講了些什麼，我也應和了一兩聲，嘴巴發出連我自己都沒聽過的怪聲音。後來小島又說了什麼，我又說了什麼，小島嘻嘻地笑了，最後我們決定開學前先碰一次面。

明天呢，怎麼樣？小島問我。我說好啊。約在學校逃生梯那裡碰頭。正要掛斷時，我忽然想起，問小島今天上午有沒有打電話來，小島說沒有。

*

將近一個月不見，小島感覺上稍微有點不同，不過頭髮還是到處翹得亂七八糟。她穿著一件好像傳統圍裙一樣寬寬鬆鬆的褐色洋裝，底下配著永遠一千零一雙的運動鞋。露在寬鬆袖口外的瘦弱手臂已經晒得跟臉頰一樣黑，兩條竹竿似的腿站在樓梯轉角處。

「最近怎樣？」

「還好，妳呢？」

「普普。」小島回我。

我站到小島身邊，眺望著市區景致。剛才明明搭電梯上來，但光從走廊走過來就已經滿身汗。我拿出手帕擦掉額頭的汗，儘管盡量自然地移動到小島身邊，那動作果然還是很不自然。小島臉上也冒出了好多汗，我忽然有股衝動，想拿手上的手帕把她臉上的汗擦掉。莫名緊張。之前帶著一種要去偷東西一樣的好奇心去了小島家前面，那件事果然令我有點罪惡感。

蟬聲像鈴聲疊響一樣，不知從何方像是要黏上籠罩在我與小島身旁這股溫度一樣地響了起來。

我們開始聊起了彼此暑假期間做了些什麼。我說我哪裡也沒去，只是在家看書。小島問我看了些什麼，我說起了幾本我還記得的書名。好看嗎？小島問。我說有的很無聊。小島笑說那不就跟修行一樣？我也笑了。接著小島說，她暑假去了海邊喃，一個禮拜。

「妳回鄉下啊？」我問。小島搖搖頭，說她去了她親生爸爸那邊。

「我之前有提過吧？我爸的事？」

我說我大概知道。

「我爸一直一個人住。」小島跟我說。

「我爸媽在我小四的時候離婚了，那時我媽帶著我搬到這裡。其實當時我很想跟著我爸，可是怎麼講，他……沒錢哪。也不光只是這樣啦，還有其他原因，不過那也是他們離婚的一個主要原因……。噯，好久不見了，跟你講這些，會不會害你覺得不舒服啊？」

「不會啊。」我說。

「想說的話就說啊，哪有什麼關係。」

小島聽了我這麼說，嘴巴一撇，盯著自己靠在扶手上的手背看了老半天，接著把下巴靠在手背上緩緩說了起來。

「我爸以前是開工廠的，後來，在我剛上小學的時候倒閉了，欠了錢。很窮噢我家，就是差不多每天都會意識到自己家真的沒有多餘的一毛錢那麼窮。」小島說到這，用食指搔了搔鼻翼。

「拚命工作拚命工作，卻什麼也沒改善。不管再怎麼努力，永遠都一樣……。噯，我們真的好久沒見了，不要聊這麼灰暗的話題好了。」

不會灰暗啊，我說。學小島那樣把下巴靠在扶手上，等她繼續說。

小島用好像思量什麼一樣的表情望了我一下，接著用比剛才輕柔的聲音繼續說。

「我爸那個人啊，是個很溫柔的人。雖然不太愛講話，可是非常非常溫柔噢。明明工作不順利也不全是他的錯，可是他把責任都攬在自己身上，覺得都是他一個人的責任。其實不是這樣，他從早到晚拚命做，從沒發過牢騷，而且一看到我就會笑。他看到我就問，妳今天過得好不好啊？一天可以問很多次喔。可能覺得很有趣吧，我也不討厭，每次都笑著理他，每天也開開心心去上學。之前那間學校裡也有人會笑我家裡很窮，可是我才不在乎呢。我每天都穿得筆挺乾淨，自己洗手帕，每三天就燙一次衣服，很仔細地燙好。上衣也沒有皺褶，運動鞋也每週清洗。雖然我家沒錢，可是那不會影響什麼，我想表現出這點。當然我頭髮也都綁好噢，就算沒錢，還是可以把自己打扮得很好。嗳，你家該不會很有錢吧？」

「我們住在普通公寓，應該算很普通吧。」我回答。

「你媽媽有出去工作嗎？」

「沒有呀，她沒出去工作。」

「噢——」小島應了一聲，用食指抓了抓太陽穴上面一點點的地方。

「那通常就代表是有錢人的意思喔。」

「是嗎？」我回。

「是啊。」小島也回。

「我媽媽啊，現在雖然沒有工作，可是那時候是真的已經對那種生活很厭倦了，漸漸開始跟我爸吵架。他們兩個人說是吵，其實我爸不太說話，又對我們覺得愧疚，所以都是我媽單方面責怪我爸。我媽她呀，真的每天一直罵一直罵噢，罵不停。然後我爸也不回點什麼，應該說他沒辦法回什麼，於是我媽更不滿了。應該也不是說不滿，而是對方什麼話都不講，講的人自然就會覺得真不知道如何是好了。總之她就是真的不知道該怎麼辦，開始一個人哭啊叫啊，無限循環。最後手邊拿到什麼就砸什麼，罵說全部都是你的錯，一邊打我爸踢我爸。很恐怖喔，因為她是卯起來真的打，哭也哭得很兇。我還記得我那時候想，原來沒錢這麼嚴重啊……，不過好像也不只因為沒錢的關係，我也不知道，反正就一直這樣。後來我媽也沒辦法就出去打零工了，家裡反正橫豎就是沒錢，家庭關係破碎，有一段時間真的不知道接下來到底該怎麼辦。

「我曾經跟我媽就只有兩個人一直坐在我家附近停車場的混凝土那邊，一直呆呆坐著。那天天氣很好，讓人覺得心情舒爽的那種日子。我媽跟我收完了衣服，我說我要出去玩一下，就出門去玩彈跳桿了。有吧，你記得吧，那種跳跳跳的彈跳桿啊。然後我過了一會兒回家後，發現他們兩個又在吵了。那天吵得特別兇，我媽拿起碗來就丟，丟中了我爸額頭，裂開流了很多血。她丟的那個碗是我的，淡綠色的，上頭有個絲瓜圖案。那個碗擊中我爸的額頭，掉到了地上，咕嚕咕嚕轉了一下後居然轉到我前面，就那樣正面朝上、好端端地立在地上耶。我記得很清楚哦，噯，我是真的記得很清楚。」

小島說，我「嗯」地回應了她一聲。

「我爸被扔到頭都流血了還是沒反應，什麼也沒說，我媽就哭呀哭呀搖搖晃晃走出了家門。我很不放心，跟我爸說你等一下噢，然後就趕快去追我媽了。停車場不是有那種擋車輪、讓車子停下來的混凝土塊嗎？我媽就失魂落魄地坐在那上頭，穿著一件紅圍裙，所以我馬上就看到了。然後立刻衝過去呀！但我媽還是一臉失魂的樣子，連我在她旁邊坐下來了她還沒反應。我一直喊『媽、媽』一直喊，可是她就是沒理我。我抓著她的手，搖著她的手，搖晃她身體，她還是沒反應，我心想怎麼辦呀我要去叫我爸來，可是又想不行，就一直哭著拍我媽的腿喊她。一直一直喊。可是她完全沒有任何反應，完全沒聽見，不管我怎麼喊，她都好像沒聽見一樣。我那時真的整個人一直擔心她會不會腦袋就這樣壞掉呀？萬一以後不會講話了怎麼辦？真的超怕的。剛好那時候我們班上流行一種叫做太陽祈禱的遊戲，就是你如果一直直視太陽的話眼睛會瞎掉，可是那個遊戲就是如果你能直視太陽三十秒鐘都不要眨眼，不管你祈求什麼，太陽都會幫你實現。所以啊，我就在我媽旁邊一邊哭一邊試那個。太陽拜託你，叫我媽回神啊！像這樣子張大眼睛，一邊說一邊一直看著太陽。那天晴空萬里，連一片雲都沒有，太陽就像今天這樣，亮晃晃地刺眼射出萬丈白光，我還記得我那時候真的看得眼睛好痛，可是我記得很清楚，就算我瞎掉了也沒關係。總之不曉得到底是看了三十秒還是多久，總之一直拚命睜大眼睛，睜到眼皮都抖了，眼淚一直流出來還是不放棄。就那麼過了好久，我媽忽然吐出了一句『不應該這樣的』。我聽見她終於說話了，才放下心中大石，所以一開始她講什麼我並沒有聽清楚。可是她又講了，『不應該這樣的』。我其實不曉得她到底在說什麼，所以沒有回話，又過了一會兒，她又說了一句『真的什麼都沒有』。她說，什麼都沒有。我覺得那句話應該不是針對我說的，只是剛好從她口中溜了出來，從她身體裡面最深最深的地方，非常自然滾出來一樣的一句。」

小島說到這裡之後，停了下來，老半天沒再說上一句。我們兩人就那樣下巴靠在扶手欄杆上，靜靜俯瞰著底下的城市。

「那個……妳爸爸工作順利的時候，妳們家人的關係好嗎？」我過了半晌後問，小島用鼻子嘆了口氣，轉向我的臉說——

「就怎麼努力怎麼失敗啊。現在回頭想想，那時候雖然也有很多討厭的事，但我真的很喜歡跟我爸在一起，甚至覺得沒錢就沒錢呀，有什麼關係。在我們最窮困潦倒的時候我真的這麼想的喔，所以是真心的。跟那種沒吃過沒錢的苦，卻說什麼有愛再窮也無所謂的人完全不一樣。可是我媽好像就是覺得我爸不行了。

應該說，她覺得她真的受不了他，沒辦法再跟他繼續下去了，就那樣鬧了整整差不多三年，最後我阿姨……我媽的姊姊介入，演變成兩個人談離婚，最後就離婚了。」

小島伸手抹了好幾次嘴角，繼續說到——

「我真是不懂為什麼那個阿姨什麼事都要介入。我爸就連離婚當時還是沒有多說什麼，而且感覺也不該讓外人幫忙解決。不過呀，就在他們差不多快離婚前，我媽已經開始跟現在這個人在一起了，雖然她沒有直接跟我講，但是我知道，她那時候就已經跟現在這個人在約會了。」

我點點頭。

「更久更久之前……，我們家還沒有變得那麼慘之前，有一次我跟我媽一起吃飯，然後就聊到了我爸。不曉得為什麼就聊起了他，講起他們兩個人為什麼會結婚之類……，是我提起的話題，但我也忘了我那時候到底為什麼會聊到那個。總之，我當時就問了她那個問題。然後啊，我媽就把她的碗跟筷子放在桌上，直直瞅著我的臉，這樣說啊——『因為妳爸很可憐啊，所以我才跟他結婚』——她這樣子說，說我爸很可憐。我聽了後有點嚇一跳，然後我們繼續吃飯，可是我還是覺得很不解，所以收拾碗盤的時候又問了她。我說，媽，妳覺得爸哪裡可憐啊？結果我媽居然說，她覺得他全部都很可憐。」

說到這，小島似乎思考什麼似地停頓了一下。

「後來我就想了很久，很可憐到底是什麼意思。我感覺我懂可憐的意思，可是又覺得不懂。你不覺得她說那什麼意思，根本就聽不懂嗎？」

「唔，聽不懂。」

「我媽再婚後真的變了很多耶。忽然變成有錢人了，可是那錢也不是她掙來的，但她好像真的很開心耶。以前的生活，對她來講好像是上輩子的事了。我每次只要稍微提到我爸，她就不高興，很明顯噢，明顯到像是故意表現出來的，總之在她心裡面那一切已經早就結束了，明明我跟我爸還活著！她居然表現得那些都在八百年前老早就結束了。我當然也不是不能理解她的心情啦，她帶了我這樣一個拖油瓶過去，當然不想在新的家庭惹出什麼風波吧，可是我也不是討厭那個人才這樣說，不……，我是真的很討厭他。那個人哪，真的長得很噁爛耶！怎麼講呀，就是噁心得要命，他那張臉，就是對任何價值觀都不懂的臉，對於真正重要的東西，什麼都不懂。我每天都這樣活著過來的耶。」

小島完全不在乎我有沒有反應，繼續說。

「然後啊，我最近去找我爸了。這件事我很久前就跟我媽講過，她臉色當然不好看啊，但還是讓我去了。我好高興噢！我爸現在在溫泉區跟一些按摩的人一起工作噢，他不是直接幫人按摩的，他說他是接送按摩師傅去旅館、幫忙算薪水的人。我到了車站後，我爸來接我，因為很久沒見面了一開始兩個人有點生疏，不曉得要講什麼，但很快就好了。」

「好玩嗎？」

「我爸去工作時我就在家裡等他，有時候去散步，等他回來後再一起看電視、吃飯、睡覺。差不多四點五張榻榻米那麼大的房間。有一臺小小黑色的電視。要洗澡的時候，我們就去附近錢湯。因為我去找他，他就跟工作那邊的同事借了一整套棉被枕頭耶。即便每次電話一響，他就要開車出門接送，可是他還是請了整整兩天的假陪我玩喔。他帶我去附近的大型超市，我們逛書店，看家具家電，隨便亂晃。我爸每天都穿像工作服那樣的衣服，鞋子也老早該換了，我很介意，我爸一直笑嘻嘻地陪我東聊西聊、東看西看，我慢慢也就覺得那些根本就無所謂。後來我們去了一家寵物店，看到了小小狗跟小小貓，聊起了以前家裡養的金魚跟泥鰍。我爸好訝異噢，因為我竟然還記得以前小時候的事，記得很清楚呢。後來我爸說要找家店坐下來休息一下，我說那我們乾脆回家吧？可是我爸說不用，然後我們就去了一家類似咖啡館之類的地方。我爸說隨便妳要吃幾個蛋糕，吃吧吃吧。他說我要吃幾個蛋糕都可以耶——。他還嘻嘻笑地說，要喝幾杯果汁都沒關係。笑呵呵呢。我說那我就吃了喔，結果我吃了兩個，明明不是很喜歡吃蛋糕的。我吃了奶油蛋糕跟乳酪蛋糕噢。」

偶爾吹來幾陣明顯的風。眼前開闊的天空中，沒有任何足以證明風兒吹過的痕跡，只有遙遠另一方天空中，飄著幾片像是被殘留在那邊的什麼東西的尾巴似的淡薄的雲。

「噯，你覺得這世上有神嗎？」

老半天後，小島輕聲這麼問我。

「神？」我反問，「什麼樣的神？」

「什麼樣的神都好，全知的了解一切的神。對所有一切都清清楚楚的神。能夠看透所有表面的、說謊的、壞的，能夠完完全全懂我們的神哪。」

「那妳呢？」我擠出模稜兩可的聲音反問：

「妳覺得有神嗎？」

「拜託噢——」小島沒看我：

「也不一定要是神，可是如果沒有這樣好像神一樣的存在，有太多事情我都覺得太難以理解了啦。像是錢的事也是，我爸一天到晚拚命工作，也不是為了他自己，是為了家人，可是結果他卻變得自己孤單單一個人。也不是說要過得多好，但連買雙新鞋子都沒辦法。而我跟我媽呢，兩個從他身邊逃走似的人卻過著與他截然不同的生活。為什麼會有這麼莫名其妙的事呢？我實在無法理解。我覺得也許有一個神吧，看著這一切。這所有發生過的痛苦的、努力克服的，終有那麼一刻會得到被理解的機會……也許吧。」

我不知道該接些什麼地問：

「那一刻是活著的時候，還是死掉了以後啊？」

小島伸出指尖，抓起黏在臉上的頭髮撥開，一字一字像要發清楚所有音節一樣靜靜回答我——

「有些事情，活著的時候會懂，也有些事情……要等死了後才會覺得，啊，原來是這樣啊……。我覺得重點不是什麼時候，而是這些痛苦、悲傷、難過的，都一定有些什麼意義存在。」

說完後，小島沉默半晌，我也跟著靜靜地沒說話。汗水冒出來，我抓起黏在背上的襯衫搧一搧，讓風流進來。

小島鬆開了從方才就一直撐著下顎的手，牢牢抓住欄杆站起身，揚起頭說：

「你覺得啊……，你跟我，為什麼……會被同學們這樣？」

我下意識閃過了小島的眼神。

我聽見胸膛撲通撲通狂跳的聲音，用力吞下一口口水。

「那些人……其實腦袋裡真的什麼也沒想，只是跟著別人做，放棄思考。到底自己做的事情有什麼意義、為什麼要那麼做……，我們只是那些連這點事情也沒想過的人發洩的對象而已。」小島嘆口氣：

「可是啊，不過，我覺得這一切都是有意義的。熬過了這些之後，一定有一個必須要熬過這一切才能夠抵達的地方或是什麼事情，在前頭等著我們。你不覺得嗎？」小島的聲音聽來很堅定。

「那些人哪——，班上那些人哪，大家什麼都不懂。他們不知道自己的行為代表了什麼意義，他們沒有想過自己的行為會讓別人覺得怎麼樣、沒有想過別人的痛苦，他們只是跟著身邊的人一起鬧而已。我一開始是很不甘心的噢，非常。

我之所以會讓自己這麼髒，是因為不想忘了我爸而已。這是我跟我爸曾經在一起住過、像印記一樣的存在，是只有我才懂得的，非常珍貴的印記。我爸現在不知道在哪裡穿著髒髒的鞋子，所以我現在也在這裡穿著髒髒的鞋子噢，像這樣子的印記。骯髒也有骯髒存在的意義。可是那些人哪，跟他們講這些，你不覺得他們也一定不會懂嗎？」

我點點頭。

「像你的眼睛也是。」小島說。

「我一開始在寫那張紙條給你之前，先去找書看了斜視的資料，會不會痛啊、視野看出去是什麼感覺啊，當然還有很多我不知道的，可是至少我想要去理解你，是真的想理解你。我從發現你這個人的那一刻就知道了，這個人是我的同伴。」

接著我們兩個人靜默了半天。

「妳為什麼會那麼想？」

我試圖講得自然一點，但從我嘴巴裡發出的聲音卻一點也不像是我自己的。

我拿出手帕，抹了好幾次嘴角。

「因為你的眼睛……」小島講到一半時，我馬上打斷：

「我的眼睛……是斜視的關係嗎，還是因為我被霸凌了？」

「都有啊。」小島回答：

「這兩件事情是綁在一起的。」小島表情慎重地說。

「因為你的眼睛斜視，所以你碰到了跟我一樣的爛事。雖然很痛苦，可是我覺得從某方面來講，這一定形塑出了現在一部分的你。我因為要守護我的印記，所以我也碰到了那些討厭的事。不管少了哪一個要素，都不會形成現在這種狀況。所以你的心情，我應該比任何人都懂，而我的心情，你一定也比任何人都感同身受。而且我沒看錯，你真的來赴約了。你能夠同理別人的心境。我覺得你真的是一個很溫柔的人，因為你一直被傷害，所以你比誰都懂被人傷害的痛苦。我跟你比起來所受的霸凌雖然微不足道，可是我也有點能夠理解……不，應該說我比任何人都懂你的感受噢。」

小島從欄杆旁移動到了樓梯那邊，坐在從下面數來第三階的地方。樓梯那側整片陰影，我光是看著她走進那片陰影裡，就也感受到了一股涼意。在盛夏熱豔的陽光底下，我看著被籠罩在白撲撲陰影底下的小島。小島雙手像撐住下顎一樣地坐在樓梯上，也一直看著我。

「我很喜歡你的眼睛。」

小島聲音清楚而緩慢地這麼對我說。

「從來沒有人這麼講過。」

小島望著我。

「第一次有人這麼對我說。」

我平靜得連自己都感到訝異，當下講出了心中第一時間的感受。我當然知道自己說了什麼，但是感覺耳朵裡面聽見的卻不是我自己的聲音。

小島燦然一笑。

「就算只有我這麼講又有什麼關係呀～」

我心裡頭有點恍惚地，對著小島的聲音點點頭。又點點頭。一邊點，一邊覺得彷彿有什麼東西從我的指尖稀里嘩啦滑落了下來。體內緊繃的氣力放鬆了，差點兒就想一屁股在那邊坐下。

「雖然有很多鳥事發生，可是我們兩個一起加油吧……。我因為我家那樣，所以才像這樣留著印記。你是因為你眼睛那樣，所以才發生你碰到的那些鳥事。但我們兩人就是因為這樣才會相遇的。才能像這樣子講話。像這樣子，待在一起。總有一天一切都會清朗的。那些人，也會懂的。總有一天，一切都會過去。」

小島說完起身，右腳往前邁出了一步。她的身體、臉都還待在那帶著灰階的樓梯陰影底下，只有運動鞋的鞋尖被照在亮霍霍的白光裡。小島開始緩緩往我走來。輕輕的風兒吹過的一瞬間，我忽然感覺眼前一切好像都被某種柔和的動作所滲透了，就連小島那一頭硬邦邦的頭髮，看起來也好像無比輕柔的材料所製成的手帕一樣，輕飄飄揚了起來。

回過神來，小島已經站在了我身旁，離我非常近地一直瞅著我左眼。我也用左眼回望著她。我戴上眼鏡，把左眼貼得離她更近一點。仔細一看，小島的黑眼珠是漸層的茶褐色呢。最濃最濃的地方，有一個像用針尖刺出來的小小光芒濡溼般地靈動閃耀。

我們就以那種姿勢，誰也沒說話，盯著彼此看了老半天。接著，小島好像猶豫了一下後雙手握起了我右手，把我的手掌打開來靜靜看了一會兒，再雙手緊緊包覆住一樣地包住了我的手。她的指尖、手掌都滲著一層薄溼的汗，比我的手涼很多，也小很多。我也用被小島包覆住的右手緊緊回握她的手。這是我第一次碰到小島的身體。

我這才察覺蟬鳴已經比剛才被壓成了更小一塊似地趕去了遠處，幾乎聽不見了。剛剛還那樣轟隆炸響般的暑氣，現在肌膚上已經完全感受不到。小島臉上好似浮現了迥異於過去的神情，靠得我那麼近，就在眼前。

4

開始倒數計時，快到九月一日的開學日了，身上各個部位漸漸出現變化。不管看什麼、做什麼都有種不太能好好感受到原本應該存在那裡的質地的感覺。躺在床上，喉嚨好像被針刺到一樣痛，胸口緊繃，偶爾還會發燒。雖然也可以用這理由拖延去上學的時間，但頂多只能拖個兩三天吧，萬一沒在新學期開學的時候去上學反而引起二宮他們注意就不好了，我絕對不想再引起他們更多的興趣了。

在玄關穿鞋準備出門時，我媽說，該不會是感冒了吧？

「算了，你先去上學，萬一不行的話就回家吧。」

盛夏的氣焰，一點兒也沒有要收斂的樣子。夏天該不會一直這樣持續下去吧？然後在最熱最熱的當頭，又全部重頭再來一遍？每天都像是把盛夏最熱的高點直接抓著往後無限延長一樣。

學校什麼也沒變。同學們還是一樣吵，永永遠遠的同樣風貌。大家都穿著一模一樣的夏季制服，晒成了一樣膚色，一樣的身形，一樣的聲音，講著一模一樣的話。有時候會聽見誰誰誰去了國外旅行、誰誰誰看見了什麼歌手，聽不出來是誰的聲音，沒有任何區別，都只是「同學」的聲音。

下課時間，我拿起墊板搧風的時候，一個女同學丟來一句：「死脫窗的，小心一點啦！」另一個聲音說：「你還沒死噢？」慢了一拍聽見了笑聲。一瓶喝到一半的飲料往我砸來。一切如常。

小島一直坐在她自己的位子上。

一頭亂髮怎麼看都文風不動。沒人去找小島講話，小島也沒有跟任何人講話。我望著她的背影，想像著我跟其他人一樣輕鬆自在地從她身旁經過，跟她說聲：「嗨，小島，早啊！一個星期沒見了耶，妳過得怎麼樣呀？」接著小島看向我，一如平常那樣有點訝異地稍微揚起了眉毛，揚起了嘴角，笑了起來。她的鼻子底下，一如平常長著汗毛，領口也髒髒的，可是那對小島來說是重要的印記，所以沒有關係，一點都沒關係。對了，不如我跟大家說吧？各位同學，大家平時都覺得小島這副外貌讓人看了很不舒服，可是其實這是有理由的噢。這裡頭有著小島與她爸爸的回憶。大家也都有自己很珍惜的東西吧？比方說是照片呀信件啊。照片跟信件都只是單純的紙張而已，可是因為我們在裡頭看見了自己的回憶跟心情，賦予了它們意義，因此它們不再只是一張單純的紙張而已，而就在那許許多多的照片與信件之間，我們於是有了一張對於自己來說特別重要的照片或信件不是嗎？那是沒有人懂得的，唯獨對我們而言特別珍貴的，對吧？那樣的存在對於小島來說，就是她身上的髒汙。這種情況當然比較罕見，可是既然我們可以接受照片跟信件對於我們而言是特別的存在，那麼小島的髒，應該也可以被接受吧，畢竟每個人的想法都不一樣啊。

接著大家一開始雖然露出了詫訝的表情，但隨即傳來了「什麼呀，原來是這樣呀」的聲音，大家口中傳出了嘆息般了解了的聲音。小島臉上露出愉悅又安心的表情朝我笑了。我們聊起暑假期間各自有些什麼新鮮事，聊得萬分開心。

正這麼幻想的時候，不知道誰撞向了我的桌子，我嚇了一跳回過神來，發現上課鈴聲已經響起。級任老師走進教室，穿了一件橘色Polo衫，手臂跟臉都晒得很黑。

我的手繼續放在抽屜裡頭冷涼的地方，有意識沒意識地聽著老師講話。老師不曉得講了什麼，傳出一陣笑聲。我恍神地看著那一切。在那裡頭，只有小島的身體顯得那麼僵硬，一動也不動。我看著那背影，看啊看，忽然覺得心頭湧上一股克制不住的傷悲。我感受到一種壓倒性的無力。豈止無力，根本失力。我剛剛幻想的那些事我沒有一件能夠做到。我沒有辦法為小島帶來一絲一毫渺茫的安慰，甚至就連去找就在我眼前幾公尺的小島聊天的能力都沒有。

你好，展信愉快。最近每天都好熱噢。

恭喜你唷，換到了窗邊的座位。之前就想跟你講了，所以才又過了這麼久又給你寫信。雖然在學校裡每天都看得到對方，但怎麼覺得好像好久沒見了噢？你最近過得怎麼樣呢？我最近不管是在家裡或學校，都常想起暑假跟你去美術館還有在樓梯那邊聊天的事。你呢？這麼講雖然有點突然，但我覺得你是個很溫柔的人。不太會講。我們聊過了好多事噢，接下來也希望能跟你像第一學期那樣，繼續天南地北地聊。非常希望。你呢？會不會覺得哪有那麼多事情好聊啊？我想只要我們見面你就會發現，真的還有好多事好聊唷。近期內要不要約在樓梯那邊見面啊？

說到這，最近我終於跟我媽那個新歡（論年紀跟時間也不新了啦）吵了一架耶。說是吵架，其實也就是有點事讓我終於爆發出來，把想講的話講出來而已。你知道嗎，那個人啊，一副他什麼都知道，早就了然於胸的表情笑著聽我講耶，真是氣死我了，從來沒有那麼氣過。不過我看那個新歡嘴角揚笑地聽別人講話，然後再隨便訓幾句話就一副志得意滿的神氣樣，開始覺得這個人哪，一定從來沒有機會思考什麼才是真正重要的事。

於是我開始覺得有點寂寞，而我感覺這並不是他的責任。所以我打算原諒他了。我開始認為，那個人搞不好也只是別人的犧牲品而已。

就算是學校的同學，我也逐漸這麼覺得。我如果是那些人的犧牲品，那麼那些人搞不好也只是更巨大的什麼的犧牲品而已。

被那些人罵的時候、在廁所裡被她們欺負得那麼慘的時候，我甚至曾經在看見那些人笑的樣子的時候覺得她們很可憐。可是就算我把現在對你講的這些話講給那些人聽，她們肯定也聽不懂吧。總有一天，她們必須自己從自己的行為裡去領悟與學習，就像我從她們對我的欺侮中去學習一樣。這是只有這樣才有辦法領悟到的事情。那些人必須從她們對我所做的所有行為裡頭去覺悟。光是這樣，也許我每天過的這種生活就有了一點意義了吧，我有時候會這麼想。隨便想到什麼就寫什麼，愈寫愈臭長了。真是很想跟你聊天耶。抱歉囉。寫了五個小時呢，先寫到這裡，下次再聊囉。

小島的信是九月最後一個星期收到的，信中內容讓人感覺與她過去所寫的很不一樣。為了讀她的信，我花了比以往多好幾倍的時間，而且小島還是第一次寫這麼長的信來。

我好幾次想要回信給她，但總寫得不順利。信中很多內容，感覺跟我們之前最後一次見面時，小島對我說的話有關係。我雖能理解她的話，卻不知道自己該怎麼思考。對著連一個字也沒寫的空白信紙，我開始思忖起了小島這個人，也思忖起了我自己。就這麼想了一段時間，去書架上拿出字典盒，把小島之前寫給我的信重新再讀一遍。裡頭每一封信，都像就近在我身旁對我說話一樣開朗。我讀著讀著，開始好奇起來，不曉得我至今為止所寫給她的信中，自己又是帶著怎麼樣的口氣對她傾訴呢？我寫過了些什麼樣的信給她呢？開始覺得，就像小島之前不曉得在哪一封信上提過的，信這種東西，還真的雖然是自己寫的，可是一旦脫離了自己的手，就進入了一個自己無能為力的世界裡了。

我把信放回了盒子裡，躺在床上盯著天花板。接著察覺，我好想見到小島。

反射性爬起床，又躺了回去閉上眼睛。想見到小島的這個想法，分分秒秒在我心中擴散膨脹，我又爬起床，把手伸向字典盒，從最早的一封信開始全部重新讀起。小島寫了這麼長的一封信，我對於自己不知該怎麼回信的這個情況都有點不知如何是好。但愈讀愈覺得，想見到小島的這份心情愈來愈確切了。但也懷疑，會不會是因為我有了這樣的心情，所以開始不知該怎麼給小島寫信了呢？我想起小島說過她喜歡我的眼睛。我在腦內毫無遺漏地把那時候的細節重播了一遍又一遍。小島說，她喜歡我的眼睛。一想到這，胸口就確確切切地痛了起來。整個人在既高興又傷悲的痛楚裡頭幾乎無法動彈。接著我意識到了自己或許對小島產生了什麼更直接的想望。心頭萌生了一種光靠寫信並無法滿足的情感。那令我痛苦。我趴在床上，把頭埋進了枕頭裡，在朦朦朧朧明滅的昏暗裡頭，一直想著小島。

5

十月初，我媽的姊姊——對我來說就是姻親關係上的阿姨過世了，於是我經歷了人生中第一場喪禮。

那位素未謀面的姻親關係的阿姨跟我媽相差了七歲，沒結婚也沒小孩。

我爸因為要工作不能去，後來變成了我去。我完全沒見過那個人，我爸也說不去沒關係，但我就是覺得我媽自己一個人去參加好像很孤單。我媽雖然也說不用勉強沒關係，但一聽到我說要陪她去，好像放心了一點，只跟我說「有點遠噢」。

那場喪禮很安靜。十幾個親戚聚集在社區活動中心裡一個房間，滿室線香味。在低吟的誦經聲裡，大家跪坐俯首，偶爾佛缽被敲響了，偶爾傳來佛珠轉動的聲音，大家輪流點香，也輪到了我。不時傳來幾聲啜泣聲，我沒抬頭，只是一直盯著自己的膝頭看。

儀式進行得差不多之後，來到最後的道別，大家將花放入棺木中。死者的嘴巴微張，鼻腔中塞了白色棉花，感覺沒有什麼特徵的一張臉，不曉得是生前就長這樣還是已經死掉的關係。我是頭一次看見屍體，心中既覺得恐怖也有點不舒服，不想再往前靠近一步，但是同時也有種渴望，很想看清楚，死去的人與活著的人有什麼絕對的不同。同時帶著這兩種截然不同、自己也無法理解的感受，遲遲無法別開目光。

我試著去遙想關於此刻躺在這裡的這位死去女士的事，但想當然耳我什麼也想不出來。接著想到自己只不過恰巧參與了這一切而已，飄遠的現實感終於又回來了，讓我鬆了一口氣。

出殯之後，參加喪禮的親戚們要一起吃午飯，可是我媽說她要回家，婉拒了。她好像也沒打算去火葬場的樣子。為數不多的親戚們，時不時偷瞄我一眼，但是我一轉過頭去，他們馬上又別開了視線。有幾個人來跟我媽說話，我媽也對他們介紹了我。一切都很行禮如儀，畢竟誰是誰，我也沒問，我媽也沒說。不過我一眼就認出了我媽的媽媽，也就是我法律關係上的外婆。可是那個人一直沒來跟我媽講話，當然也沒跟我講話。我們在分發儀式、領餐盒之前就離開了會場。

「鹽巴啦——」我媽在回程的電車中回答了我的問題。

「這個回家時，要先撒在身上才能進門。」

「為什麼？」

「避邪啊。」

我跟我媽靜靜地隨著電車搖晃。我媽看起來好像非常疲憊，但撇開疲憊跟喪禮回程的這兩件事不算，那天下午其實是個非常舒服的午後。搭上電車之前，我腦中還留著剛才看到的那張棺木裡的臉孔肌膚的樣子跟顏色、皺紋等等的影像，但是電車一出發後就什麼也想不起來了。隨著電車搖晃間，我想起了小島。雖然窗外射入的陽光以及行經的地點等等完全都不一樣，可是我有那麼一瞬間，感覺好像回到了那個夏天裡。我回想著當天並坐在一起時講過的每字每句。

「不過很奇怪耶——」我媽突然這麼說，像想起了什麼一樣。

我聽見她的聲音，回過神，等她繼續說下去，但是她就沒再說了。

過了一會兒後，我問：「什麼？」

我媽應了聲「唔」，接著又好像想起什麼一樣咕噥了一句——

「就覺得……今天……真是很奇怪的一天啊。」

「怪？」

「對啊，很怪。」我媽回答。

「而且很累。」

說完後，她閉起嘴巴，閉上眼睛不動了。

到站之後，我們先去超市買東西再回家。其他客人不太愉快地瞪著身穿喪服的我媽跟穿著制服的我，不過我媽看起來一點也不在意，把菠菜啊洋蔥啊豬肉片啊一樣樣地放進籃子裡。我說我們沒灑鹽就進來了耶，沒關係嗎？我媽說超市很強的啦，沒關係。兩個購物袋都是我提。回到公寓，在等電梯的時候我媽忽然跟我說「謝謝你陪我去喔」，沒看我的臉。我說如果下次還有這種事，我也可以陪你去啊。我媽嘆了一口氣，摸了摸我的肩，不知如何是好地笑了。

喪禮相關事情告一段落後，我因為身體不舒服，沒去上學三天。一直想著要是就這樣永遠不用去就好了，可是當然不行。

我像往常一樣一大早出門，沿著混凝土路一腳一腳厭氣地往前踩。穿過了紅綠燈、穿過了林蔭大道，朝著學校走去。道路被夾在兩側林蔭之間，看起來像一根往上下延伸的長棍。地面被染成了深褐色，溼透了。我用力深呼吸一口氣，沒聞到雨的味道，不過地面的確是溼的。鞋底的觸感、聲響都像要被吸入土壤深處一樣。

可能深夜裡下過雨了吧，我心想。林蔭大道上只有我一個人。遠處傳來了車子行駛的聲音。我像把來時路所有一切都拖曳在身後走一樣，往學校走去。

校門口當然連一隻小貓都沒有，這個時刻，校門一向是稍微敞開的。我穿過了操場，走向後面的校舍。除了我以外沒有半個人。走到一半時，我仰頭看方才穿越過的校舍，感覺像是什麼巨大遠古生物的骨頭一樣，被孤伶伶丟在那裡的升旗臺，上頭的油漆已經剝落，稍微有點歪斜，活像因為不明原因而從骨骼上飛散出來的碎塊。

進去教室後，拉開了椅子坐下。一推桌子發現有點怪，於是把手伸了進去，發現有抹布邊露了出來。我把桌子傾斜，探看裡面，看見裡頭塞滿了一大堆不曉得什麼東西。我拎起抹布邊，往外一拉，結果塞在裡頭的一大堆東西跟著抹布被拉出來，啪嗒一聲掉在地上，緩緩散開。

有乾掉像硬邦邦紙黏土一樣的麵包。像幼蟲的……仔細一看是一瓣蜜柑。被揉成一團的皺巴巴體育服跟室內鞋，仔細一看這是我的。鑰匙圈。奇怪的玩偶。口罩。一疊影印紙。發芽馬鈴薯。貼著標示圖書館物品貼紙的文庫本。棕櫚刷。

板擦。水果牛奶瓶裡好像還剩一半沒喝完，吸管口一直滴落液體。好臭。我把桌子傾斜往裡頭看了一下發現還有，於是伸手進去拿，從黑色塑膠袋裡掉落出一團用過的生理用品。

我杵在那邊沒動，看了老半天自己抽屜裡頭掉落出來的東西，接著拉開椅子坐下來，繼續呆呆望著散落在地面上的物品。理應坐慣了的椅子，不曉得為什麼感覺椅背跟金屬的地方都生硬得令人感到陌生，換了幾次姿勢後還是覺得很怪。

不知道就那樣呆望著散落在腳邊的東西多久，過了一會兒，我意識到有人正從走廊上走過來，我直覺該不會是結業式那天跑來我們班的那個女生吧，不曉得為什麼。當下心跳漏了一拍。腳步聲愈來愈近，我心臟怦怦跳，想起了她的制服跟那頭筆直的長髮，接著百瀨的臉浮現在我腦中，我身體一僵，不過進來的是別人。完全沒關係的一位女同學。她一看見我便撇開眼神，把東西放下人又出去了。她每次都是在我後面第二個進教室的。她走出了教室後，我依然無法動彈，看了一眼掛在黑板上的時鐘，再過十分鐘其他同學就會來了。我緩緩站起來，走去班級門口放掃地用具的櫃子裡拿出了垃圾袋，撕下一個，走回座位，把散落在腳邊的那些東西一個個拿起來丟進垃圾袋。

過沒多久，二宮那群人也跟其他同學一起進來了，一看見我，便拿著墊板邊往我頭上招呼，罵我：「你這傢伙怎麼這麼臭啊？」然後好像覺得很好笑地笑成了一團。

其中一個傢伙笑著問我：「喂你桌子怎麼啦？」我坐在位子上，什麼也不能回答。

「你家不是有人死了嗎，那些是那個啦……，大家送給你的那個！不是有嗎？那個啊，那個怎麼講啊？」拿墊板拍我頭的那個問他旁邊的另一個。悼詞啦！不是啦，電報啦！旁邊其他同學你一言我一語地笑鬧著。「奠儀」——我在腦中說，當然沒有傳到任何人的耳裡。

又過了一會兒，在別張桌子上跟其他女同學談笑的二宮走過來，一靠近我，就誇張地皺起眉頭喊——

「搞什麼啊？你這怎麼回事啊，這味道？」說著，手在臉前揮了好幾次。

「你這也太誇張了吧，再怎麼樣，都會對別人造成困擾吧？你要不要洗個澡啊你？你有沒有洗澡啊你？」旁邊一些人都笑了。

立刻有個人接道：「沒洗澡的是小島吧？」我一聽見小島名字，一顆心急遽涼了下來。

「一個班上有兩隻這種的，誰受得了啊～」二宮依然雙手環抱在胸前，刻意打量了我一下，好像在思忖什麼地說——

「你看你是要現在脫光衣服跑去噴水池那邊洗澡，還是要放學後陪我們玩一下遊戲？」

我坐在自己的位置上沒講話。

「沒講話就表示你要玩遊戲囉～」二宮笑著說。

「你沒來的那幾天啊，我剛好看了一本書，想到了一件想試看看的事。那我們就決定是遊戲囉！」

「你放學後別走啊——！」

我直直盯住自己的桌面，一聲也不敢吭。

望著黑板上出現了又消失的白色字體跟摻雜了老師說話聲的一切，心底又開始想著那個至今為止已經想無數次卻無論如何也想不出來的疑問——我到底為什麼要來上學？已經被欺負得這麼慘了，為什麼？

如果不想上學、如果無論如何都不想來，就得跟我媽解釋這一切。她跟所有被霸凌的學生家長一樣，完全沒有察覺到我在學校裡被霸凌。

至今為止，我已經想像過無數次把自己被霸凌的事情講出來。譬如說——跟我媽說？但又馬上打消念頭。我不想讓我媽知道我被欺負的事，更不想讓我爸知道。如果他知道了，不曉得會怎麼樣，完全無法想像。而且就算我把這件事情告訴他們，他們也無法介入我置身的這個世界，這我很清楚。所以就算讓他們知道我被霸凌，情況也不會有任何改善。

不念了，這選項我也有想過，可是我真的不知道耶，國中屬於義務教育，真的可以不念嗎？而且，假設我真的把我被霸凌的事跟我媽說了，之後真的可以不用再來上學，可是再之後呢，該怎麼辦？我每次只要一站在這抉擇的十字路口，就感到很絕望。國中沒有畢業就不能念高中，一年半之後終將到來的那個未來，我到底該怎麼活下去呢？沒有譜，完全沒有譜。我難道要打工度過那將來的幾十年人生嗎？有可能嗎？我每次一想到這難題，就會拐進去的那個死胡同又再次出現——假設我真的輟學好了，之後想方設法熬了過去，出了社會或者念完高中、上完大學，眼前世界看起來好像終於開闊一點了，可是那之後呢？能保證我現在面臨的這個困境不會再度來臨嗎？只要我長成這樣，眼睛這副德性，這種情況是不是就會一輩子纏著我？不會放過我？在我的下一個前方，也許一切都早在我不知情的時候已經決定好了。那必定會到來的殘酷，也許正潛伏在前方等我，等著現在的我去自投羅網。

放學時間快到了。真的放學了。強烈的恐懼讓我害怕得不敢傻傻坐在那裡。

等到教室一哄鬧起來，我趕緊趁二宮那群人沒注意，拿起書包就混進大家的喧囂裡溜出教室。我連今天午餐到底吃了什麼、有沒有吃都想不起來了，只覺得上腹部很繃。我混進正準備去參加社團活動的學生裡、混進聊天的人群中、混進聊天的嘈雜裡，只想著無論如何今天不溜不行。至於溜掉了會怎麼樣、明天會有什麼後果，我都無法去想了。

低頭快步轉過走廊轉角的時候，忽然小島迎面而來，差點撞在了一塊。

小島好像被我嚇了一跳，退了一步看著我，接著嘴巴一抿，只有眼睛笑了，好像很高興的樣子。我當下呼吸聲簡直大得連自己都聽得一清二楚，感到眼眶有股溼熱泛了開來。

小島手上提著一個沾滿汙漬的很像汽油桶的垃圾桶，每次大家都命令她去倒垃圾。她用另一隻沒有拿東西的手稍微用力擦了擦她肚子那邊。

小島。我清清楚楚叫了她名字。

這是我第一次在學校喊她。

走廊上來來去去的學生沒有半個人注意到我們。小島把垃圾桶的底部輕輕擺在地上，手依然提著，雖然稍微有點在意經過的人，但還是繼續站在我面前。我深呼吸了一口氣，又再一次叫了她名字。「小島」。又一次，「小島」。小島皺起了眉頭，一臉怎麼啦的表情，看看地上，又有些在意其他人的樣子，但還是筆直地看著我的臉。

「不好意思，我還沒回信。」我抿了好幾次嘴巴，終於擠出了這句話：

「我……很在意……那封信。」

接著小島本來看著我的眼睛忽然望向了我後方，一道悶沉的撞擊衝向了我腰際，下一秒鐘，人已經被打倒在地上。倒下時，為了閃避小島而轉了一下身體，結果肩部落地，臉重重地撞在地上。

「誰叫你回家的？」

二宮聲音聽起來非常不爽，站在從我身後踹我的那一群人身旁這麼說。

之後我就被直接帶離了校舍，穿越操場，又穿過了另一棟校舍後，走過後頭一個小中庭，被帶到了體育館前。

平常這裡總是一堆配合號令伸展的學生、拿球拍練習揮拍的人跟正在使用體育館的社團學生，可是今天沒看見半個穿體育服或隊服的人。擴音機中，輕輕流瀉出催促大家離校的放學音樂，遠處斷斷續續傳來了女同學們拔尖的笑聲跟誰喊著誰的叫嚷聲，零零碎碎疊在了一起。

為什麼沒人呢？我覺得很奇怪，但是馬上想到了。今天是每個月一次的教職員會議日，依照規定，所有社團活動都必須中止，全部學生必須離開校園。

體育館的正面入口處當然鎖上了。

朝著正門左轉後沿著高牆走，出現一個緊急逃生用的非常小的特製門。是一個銀色看起來就非常輕的鋁門。二宮他們轉動把手打開了門，一個個沒脫鞋就直接走了進去。我也被抓著西裝外套押進去。那個緊急逃生門連接到舞臺旁的矮階梯旁邊空間，一進去，就垂著一大片綁起來的正紅色天鵝絨簾幕，飄蕩著一股舊布灰塵味。我一停下來，就有人往我背後大力一推，害我往前顛，差點兒跌倒。這時候，掛在肩上的書包滑下來，放在沒有拉鍊的外側口袋裡的文庫本掉到了腳邊，我趕緊撿起來放回原來口袋中。

這個體育館，上了國中後不知已經因為集會、上課關係來過了幾次，此刻看起來彷彿像一個從沒有來過的地方。天花板比我記得的更高，空間比我印象中更大。二宮他們好像有點興奮，從進來後就笑鬧個不停。不過一旦有人發出太大的聲響，二宮就會馬上警告，而他一警告後，那些腳步聲、刻意壓低的音量與克制在肚腹內的笑聲聽起來都好詭異，以一種獨特的膨脹方式，擴散到了空氣中輕晃晃地跳呀跳，老半天不去。

緊急出口的方向突然傳出了聲響，大家急遽閉嘴，轉頭一看原來是百瀨來了。

從我站的地方，看得見百瀨以一種悠緩的方式帶上門，旋即發出了上鎖的微微金屬聲響。

二宮一看見了百瀨，嘴角便綻放出笑容，輕輕揮揮手。百瀨沒有特別反應，雙手依然插在外套口袋中往這邊走來。我以為我聽見了口哨聲，但那是錯覺。這時候我好像看見百瀨往我瞥了一眼，但也只是我剛好進入了他的視線中，他並沒有特別看我。而且，那只不過是一種不帶任何表情與情感，單純的視線。把二宮跟百瀨加進去，對方有六個人。

二宮走向拉上厚重窗簾而看不見體育館內部的正門那邊，伸手往堆放在旁邊的地墊後面搜搜找找地挖出了一個不知道什麼東西出來。

「我想要讓你把頭套進去踢足球啦～」二宮拿著已經完全沒有空氣，破掉的好像球外皮一樣的東西給我看，一邊這麼說。我下意識搖了搖頭。

「其實我本來想找真的足球啦，但是這邊又沒有。」二宮將扁塌的足球放在手上轉啊轉地這麼說。

「沒辦法啊，足球本來就不是在體育館裡踢的嘛。」二宮說完後用鼻子哼了一聲。

「你知道足球跟排球比起來貴很多嗎？每顆球上面都有寫編號咧。每次練完球後要是有一顆不見，那些足球社的人就要一直找到找出來為止，要是還是找不到，一年級生就要被電爆，我記得。」二宮手指頭伸進了排球的裂縫，把內裡往外翻，一邊這麼說。

「我人也很好啦，所以我這次決定改用排球好了。唉喲，雖然不像桌球那麼會跳，不過也堪用啦，也會滾啊。而且我在所有球類裡面最喜歡的就是排球了，摸起來手感很好，跟硬球比起來，軟球我比較喜歡，摸起來很舒服，像繃帶一樣。」

我盯著二宮的腳邊。

「我放假時讀了一本書耶，難得的一本。完全不愛看書，但是多少總會翻到一兩本。對了，你很喜歡看書嗎？」

二宮朝我問。

「剛才你不是有一本書掉出來嗎？什麼書啊，好看嗎？」

我不知道怎麼回答。

「小說那種東西基本上就是寫人生的各種面貌不是嗎？可是我跟你，手上就有著大把大把的真實人生，又不是虛構的，為什麼還要特地拿那種虛構的東西加在自己的人生上呢？」

我依舊沉默，不知道該怎麼回答。

「所以那種東西就像魔術一樣嘛。到底有什麼好玩的啊？我完全不解耶，你不覺得嗎？就是被設計過的，一些機關而已嘛。就只是一些技巧啊。那種東西你一直看一直做，基本上對本質沒有什麼幫助，也不會改變任何事情，只會變得更糟更慘而已啦。那些東西就是完完全全的詐騙啊，不是真正的魔法就沒有意義啦，無聊耶！」

二宮叫我把領帶拿掉，然後又想了一下說眼鏡也摘掉吧。接著叫來一個朋友，要他把我的眼鏡摘下，用領帶將我的手反綁在身後。

「喂，不用綁太緊啦。」說完笑了。百瀨就站在不遠處，雙手環抱在胸前，左手食指尖沿著唇邊摩挲，看著我們。

「活人足球噢～嗳，不過這是排球啦，嚴格來講也不是足球，但反正都是用踢的，就算足球吧。然後呢，誰先把你踢進球門就贏啦，這遊戲就是這樣玩。」二宮跟我說明。

「一對一。這兩個先踢，然後下一組踢，最後輪到我跟百瀨這一組。採淘汰制。喂，你們先去弄個球門啦。」二宮下令。

「大家鞋子脫掉吧。」

那一群的兩個傢伙拿著脫下的鞋子以兩公尺的間隔擺放，接著在平行約十公尺處再擺放另外兩只鞋子，做成臨時球門。

我試著轉動被綁起來的手，可是沒辦法掙脫，而且掙脫了又怎樣，眼前這情況，掙脫了只會被綁得更緊而已，不會有什麼改善。我的腋下、後背還有大腿都開始冒出了涔涔冷汗。

「你要努力理解球的思路、把自己跟球化為一體，表現出一顆球的樣子，好嗎？」

二宮開始把手上那顆球從裂縫處捲起來撐開，抵在我的頭上，往下拉想要把它套進我的頭。但是不管怎麼拉，球都卡在我太陽穴那邊，耗了點時間。

「你耳朵會不會也太大啦——？」二宮咋舌，「真的讓人很不爽耶。」

於是百瀨走過來，二話不說把球從二宮手上拿走，將裂縫處撕得更開了一點，然後再套在我頭上。唧——，球皮發出了聲音，我的頭蓋骨被繃住，最後眼前被灰塵味道籠罩，什麼也看不見了。感覺身體緊繃了起來，額頭皮膚底下彷彿有什麼快速明滅的影像閃閃滅滅，我不斷搖頭，想逃走，可是有一個人踹了我的腳，很不耐煩地喝令我不要動。球皮沒辦法覆蓋到我的下巴，結果我有半邊嘴巴都露在外面。

「沒想到排球這麼小耶。」我聽見二宮好像很感嘆的聲音。

「開始玩吧～」

在不知道到底該稱為什麼顏色的沉鈍灰暗中，我無法站好，一次又一次不斷扭動身體抵抗。我不知道自己身體到底擺動成了什麼樣子。一種從未見過的又沉又黑的液體直直往我逼近，就近得在我身邊，我從濡溼的腳邊努力爬起，那東西又滑進了我口中，塞滿了我的肺，彷彿轉瞬間就要把我從體內整個融解掉。我一動腳，想逃離那恐怖的液體，可是馬上又失去平衡，跌了一跤。我跌跪在地上，拚命想爬起來，又隨即跌倒。在周圍一片悶哼似乎正拚命忍住的笑聲與呼吸聲中，我一次又一次做出嘗試，一次又一次除了跌倒以外無能為力。

「雖然不太像球啦──」二宮聽起來好像很高興，「不過感覺還不壞。」

不知道誰抓住了我的手把我整個人往上拉，我被拖著一樣地走，他們命令我站好站直。

「那我們開始吧──。我一喊開始，就開始玩囉。要玩得像足球啊，好好踢！」

我雙手握拳，靠在一起的手與膝蓋不停地微微打顫，幾乎要發出聲音。我全身用力，連眉頭也使出了全身力量地皺起，眼睛閉緊，下顎用力，嘴巴咬緊。歪曲的臉上嘴唇外翻，呼吸從齒縫間露了出去。心跳前所未有的快，在耳內發出了噴嗝噴嗝的奇異聲響。那聲音就像有實體般，如果我此刻能把手指插入耳中，彷彿就能摸到它。我第一次聽見了顫抖的聲音。

「開始囉——！」二宮的話聲一落，周圍空氣明顯騷動了起來，我全身用力地繃緊。

真的就在下一瞬間，就在二宮一施令之後，感覺好像從世界的上方不曉得有什麼東西彈了回來一樣的巨大衝擊擴散開來，眼睛深處，一道銀光火一樣地噴散，我不曉得到底發生了什麼事，只感覺雙腳懸浮在了空中，身體以全部的重量倒在地上，教我無法呼吸。緊繃的臉，痛楚像漩渦一樣在意識的盡頭無比飛快地旋轉。痛楚發出了清晰的聲響。不曉得在哪兒聽見的，也不曉得迴盪在哪邊，只是我清清楚楚感知到了。過了一下子之後，臉皮開始麻了起來，我心想臉該不會也破掉飛走了一些吧？倒在地上，我拚命把背彎曲，在那彷彿即將要溢出了輪廓的滾燙痛楚中，把臉死命靠近彎起來的膝蓋上。

之後老實講，我也不曉得到底過了多久，只聽見二宮「啊——」了一聲好像很不耐的樣子。周圍也發出了類似聲音。

「你們到底為什麼一開始就把他踹飛啦？到底懂不懂規則啊你們！真是的，髒死了！」

我知道淚水從雙眼中潰堤傾瀉了出來，濡溼了整張臉。淚水毫不停歇源源湧出，溼了嘴唇、垂到了下巴，從貼在地上的太陽穴緩緩流至頭皮。

我無法動彈。之後察覺不曉得誰的手碰到了我的頭，就那麼把我的頭從球內拉了出來。我即使閉著眼睛也感覺得到光線，好痛好痛，就那麼倒在地上，睜不開雙眼。

臉依然發麻，感覺得到淚水從閉上的眼縫不斷滲出，流過了臉頰。流呀流，流呀流，不斷地流出。我就那麼靜靜倒在地上不動，過了半晌有人解開了我手上綁著的領帶，我從微微睜開的雙眼縫隙中隱約看見有人移動腳步。眼鏡被踢了過來，我伸手去拿時注意到地板上有灘血，簡直就像洗臉臺的水潑了出來一樣那麼多。新的，怎麼看都是赤紅色的血。我用力地睜開眼睛，望著那一大片，很訝異自己體內竟然能流出這麼多的血。我把眼鏡戴上，輕輕觸摸那片血的表面，指尖傳來了一種迥異於淚水液體的黏稠性。我將那個指尖靠近了左眼，那黏黏稠稠溼答答的血，彷彿此刻就要向我張開大口般鮮明生猛。

這麼多血……是身體哪裡裂開流出來的？還是鼻血？我無法判明。鼻子那邊還是一片麻。

「結束——」

二宮很無趣地說，拍了一下手。隨即身旁一些細細瑣瑣的聲音也停了下來，之後不曉得誰打了個呵欠，大家又開始壓低聲量說話。「活人足球結束！真掃興！」二宮懶洋洋很不爽地丟下了這麼一句。

我單手撐地支起了上半身，指尖輕輕摸了摸鼻子確認一下鼻子還在不在。光是指尖輕輕碰到鼻子就一陣劇痛，我努力熬過去，將手上的眼鏡戴上。鏡架碰到鼻梁時簡直痛得不能呼吸，我緩緩睜開微微顫抖的眼皮，用力眨了眨眼。

二宮俯視我。百瀨在他身後雙手抱在胸前，斜站著讓體重撐在單隻腳上好像在看我。其他人不曉得是不是在後面鬧，斷斷續續傳出了鞋底摩擦地面的聲音，每次一發出「啾咿——啾咿」的聲音，便傳出幾聲大笑。

「你走時千萬不要被任何人看到啊——。我們先走，對，然後你過三十分鐘後再走吧。他們應該還在開會，你小心一點啊。還有你應該知道，回家後也別讓你家人發現，對了……」二宮稍微思索了一下繼續說——

「你給我聽清楚了。你會從那個門離開吧？那邊出去後不是有視聽教室的校舍嗎？那邊繞過去後面的圍牆比其他地方矮一些，你今天就從那邊回家吧，以防萬一。是有點辛苦啦，不過你好好爬過去，使出你的毅力，拜託囉——」

我撐著上半身，垂頭望著地板上散開的一灘灘黏稠血液。胸膛的襯衫已經被染得全紅了，外套上的血則分不出什麼顏色。二宮他們拖著腳步，走向了出口處的門，接著二宮忽然想起什麼一樣回頭對我說——

「噯，你那個擦乾淨啊——」

說完指了指正面入口，丟下了一句：「不要用外面的水龍頭！用那裡的，一定要確實擦乾淨以後才能回家噢。」說完就走了。

傳來了門關上的聲音，二宮他們走後，我翻了身，從俯臥的姿勢轉成仰躺，茫然望著天花板。

什麼也無法思考。

我只能張大嘴巴反覆用嘴吸氣，接著天花板上的直線條突然出現了流著血、倒在地上的我自己的身影，重疊在上頭。

出現在天花板上的我，朝著躺在地上的我緩緩降落下來。那個身穿制服、戴著眼鏡，眼睛以下血流滿面的我緩緩靠近我，在大約兩公尺的地方忽然停住。

仰躺在地的我只能依然那麼躺著，面對另一個我，什麼也說不出口。他眼鏡後方的黑眼珠垂向了眼角，不曉得到底在看哪邊。我輕聲對自己說，沒人知道你到底在看什麼啊。

以那樣姿勢對著我的身體看起來好小好小。手腳也小，脖子也細，全身感受不到一絲一毫的氣力。上衣肩寬完全過大，胸口沾著鮮紅色血跡的襯衫邊邊露在了褲子外，褲子也太大了。那副打扮的我，渾身失衡地被斜斜固定在那裡似的。

就那樣傻傻盯著被釘在半空中不動的我看了老半天，忽然間，對面另一個我好像微微動了動嘴唇，說了什麼。但那動作太細微了，我根本不知道他到底對我說什麼。又過一下子，那個我的表情舒緩了下來，好像朝我微微露出了笑容。渾身是血的我看著我自己，確實緩緩笑了起來。雖然我不知道那是什麼意思。我依然朝著自己的臉看，吸了一下鼻子，大量唾液往下流進了舌頭，在舌上積了一窪水。我稍猶豫了一下，然後把臉轉向一旁，把嘴巴裡的東西吐出來。是唾液混雜著細泡的血，裡頭有些小小的黑塊。

這時門邊突然發出了聲音，我嚇得渾身繃緊，因為我下意識以為是老師來了。

結果出現在門邊的人是小島。

小島站在門前看了我很久，接著忽然像想起來一樣往我跑過來。

「流了好多血……」小島跪下來，整張臉皺成了一團並搖著頭：

「痛不痛？怎麼辦？」她邊搖頭，不停地抿嘴。

「痛是痛啦，但已經結束了。」我說。

「我後來跟著來了，然後剛才看見他們走了，所以我就進來了。」小島聲音聽起來像被強風擊打顫抖著。

「對不起，我嚇傻了，你……站得起來嗎？」她說，手輕輕伸向了我的肩。

小島不斷點頭，我聽見她吞口水的聲音。

「可以。」我說。

「我還是第一次流這麼多血耶。」我試著對小島微笑，用手背拂去鼻子的的血。看了一下，血還溼答答的，不過，鼻孔裡的血似乎已經開始凝固了。我整張臉還是疼得像底下血管都在跳動一樣，甚至更疼。小島愣愣地坐在地上，半晌不動。

接著我站起來，把襯衫塞好，撿起領帶，捲起來放進外套口袋中。

我走去二宮剛才指的那個水龍頭。剛站起來的時候，眼前就像星星打轉一樣，不過此刻至少可以撐著這樣筆直走過去。只是每踏出一步，便覺得整張臉都抽痛得不得了。

白色陶瓷材質的水槽上有些明顯裂痕，乾巴巴的棕櫚刷掉落在水桶底部，另外還有長柄拖把立在那邊，也已經乾了。我稍微扭開水龍頭讓水緩緩流出，用手盛水輕輕抹到臉上把臉洗淨。手指一碰到臉的某處，就好像疼痛全都聚集到了那一點一樣。之後把已經乾巴巴的抹布直接丟進裝水的水桶中，走回沾滿血的地方。小島也走去水龍頭那邊拿了一個抹布，之後我們兩人便默默擦起地上的血跡。吸了水的抹布將血跡拖得老長，愈擦愈髒，還好小島再用完全擰乾的抹布把那痕跡擦掉。有些地方已經乾了，我得用指甲去摳。水桶裡的水混著抹布的髒汙與稀釋的血水，一下子就看不見底部。

「我剛才啊從那邊的玻璃後面偷看。」小島邊動手，邊盯著地上囁嚅。我沒說什麼，擦著地板點點頭。

「一直看到你被踢……後來就全身發抖看不下去了。」

「嗯。」我又點點頭，在水桶裡把抹布扭乾。

「我以前，也在廁所裡被揍過。」小島聲音更低了。

「雖然沒流血，可是真的很痛。那些人真的可以做到從外表看不出來，這種事，到底是誰教他們的啊……」小島問。

「一定是有什麼書仔仔細細教了這些吧。」我說，沒看小島。

「然後他們研究了那些書，拿我們做實驗嗎？」小島咕噥，我沒回答。

「我們算什麼……？正式的？還是練習用的而已？」

應該兩者皆有吧，我在心底說，把水桶拿去換水。在裡頭洗淨抹布後再一次用力擰乾，仔細擦乾地上的血跡。擦完以後，我站起來看看地面，剛才還四處灑的血跡已經毫無影蹤。

「制服怎麼辦？」小島望著我的臉問。

她看起來已經累到虛脫了。事實上，我不知道我們到底在那裡擦了多久。我心想，到底在這裡待了多久呢？抬頭仰望二樓窗戶，本想探看外頭的天色，但是怎麼看也看不出來。那裡看起來，好像從剛才就沒有變化，但天色似乎快暗了。

我沒看小島的臉，對她說謝謝妳陪我一起擦。小島直直看向我，接著似乎凝視著我的鼻子與嘴邊。我心想，我現在到底看起來像什麼樣子啊……？

「不用謝啦，但是你的衣服，怎麼辦？」小島又問了一次。我說我會想辦法，沒問題的。

之後我們輕輕打開緊急出口，在身後掩上，確認附近沒人便往旁邊的校舍後頭跑去。被夾在校舍牆壁與石牆之間、像迷你中庭似的空間，靜謐昏暗，長滿了青苔般的雜草，旁邊散落了空罐與棉手套。沿著那裡的牆壁往前走，的確像二宮所說的，有一部分圍牆比旁邊低了大概四分之一左右。

「為什麼要來這裡？」小島朝著停下腳步的我的後背問。

「因為我要從這裡回家。」

頓了半晌，我依然面向牆壁，沒回頭地繼續告訴小島——

「我身上有血，如果從大門走，萬一被人看到很麻煩。」

一邊解釋，我察覺自己身體從手腕到腳底逐漸開始虛脫。一邊感受這種虛脫感，一邊逐漸弄不清楚自己到底是在對誰解釋什麼。

「這裡爬過去之後是哪裡？」小島問。

「我也沒爬過，不過這裡是大門正後方，所以爬出去應該也是大門的正後方吧。」我動著嘴巴，茫然說著自己也不確定的話。

「我也要從這邊走嗎？」

「不用吧，我覺得妳從大門走就好了。就算被人看見，應該也不會怎麼樣。妳就說妳剛才在教室裡就好了。」

說完，小島跟我都閉上嘴巴不講話，只是呆站在那裡。

我不想再被小島繼續看著我這副丟人的樣子，一想到被她看見，就想當場消失。我沒再說什麼，靜靜等她離開。可是小島依然一動也不動，似乎仍站在我背後瞅著我。過了老半天，她輕輕拋出一句——

「我等你爬過去之後再走。」我其實真心希望她現在就可以離開，但我無法化為語言，只能背對著她一個字也吭不出來。

「痛嗎？」小島聲音聽起來似乎有點遲疑。

我沒回答。

「不行的話，我覺得你要去醫院。」小島又說。

「嗯，我會去。」

「嗯。」

「那——」我簡短說了一聲，伸手攀向石牆。那個高度，就算背不伸直也碰得到。我感覺身體像被黏土團團包住的鉛塊一樣沉重，完全不曉得該往哪裡施力才能使出力氣。踩在牆上的腳，下一步該往哪裡移動也不知道。我只想消失。

攀在圍牆上的手開始麻了起來，腦袋裡雖然理解攀牆的步驟是怎麼樣的，手腳卻不聽使喚。我不斷勉力想爬過去，一次次掉落地面。小島在我身後幫我拿著書包。臉依然好刺痛。我不說話，繼續試著攀牆，腳底使力，又一次次地失敗。我感覺腹部有一股滾燙翻攪上來，疼痛的臉底下開始發燙。翻攪上來的種種無處可去，一呼吸，便感覺乾硬掉的血塊摩擦著黏膜，讓麻疼感擴散了出去。我沒辦法回頭看小島的臉，我只想盡快從她面前消失，即便一秒鐘也好。運動鞋用力抵著圍牆，摩擦出乾硬聲響，踩落灰礫的同時，我也用力踩著雜草叢生的昏暗地面往上蹬。

「嗳——」小島叫我，我正要伸手攀住圍牆邊。

「嗳——！」她又叫了一次，之後便抓著我的手拉了一下，我於是轉向她，她皺著眉，直直瞧著我的臉。

「我有話想跟你說。」

小島聲音比平時更低。我眼神飄向了她鞋邊，沒有應聲。小島的鞋帶快掉了，從那有點髒的運動鞋上垂到了地面。

「我覺得你是對的。」小島說。

「你看哪，我跟你，我們體格或年紀都沒比那些傢伙差，如果我們認真起來，也可以像他們那樣，反抗或報復，可是我們卻沒那麼做，你覺得是為什麼呢？」

「因為我太弱……」

過了半天才開口，結果小島馬上一口否定。

「不是，我們都不是因為太弱才隨便他們這樣對我們。我們都不是隨便他們想怎樣就怎樣。一開始或許是吧，但現在，我們並不只是順服他們而已，我們是接受。我們完全了解到我們生命中到底發生了什麼，並且接受了。這種事要說強或弱的話，不夠強根本是沒辦法接受的。」

「接受？」我重複了小島的話。

「是啊，接受。雖然看起來很像是隨便別人怎麼對我們，但其實我們的作法是有意義的。」小島又說。

我沒說什麼，反芻著小島的話。

「我們……可能真的像你講的那樣很弱很弱吧，但是很弱並不見得就不好。我們或許很弱，可是這種弱，是有意義的。也許很弱，但我們很清楚什麼是重要的，什麼不能做。那些為了怕變成我們之後的墊背而假裝沒看見、討好那些人、對他們笑，那些班上所有的人，可能以為他們自己的手很乾淨，其實他們什麼都不懂。他們跟那些欺負我們的人完全一樣，那個班級裡，唯二沒有跟那幾個人同流合汙的人就只有我們兩個而已。你剛才……，不，不是剛才，是之前你就被踹、被有的沒的亂來，可是你從來不反抗，你只是接受。我看見你那個樣子覺得好像很多打結的部分突然都解開了一樣。不太會講啦，可是我感覺好像忽然一切都明白了。你那種做法，是現況裡唯一正確的做法。唯一正確的。」

「我……什麼做法……？」

我像把一個個輕薄紙張所做的文字貼在眼前的空間上一樣，悠悠地問。

「我的意思是，你的做法是對的。」小島邊說邊哭了起來。

「你是對的，我說你是對的！」

「妳別哭啊——」我望著她的臉。小島覆蓋在眼前的雙手之間，看得見她張開了哭歪了的嘴，隱約看得見牙齒，按在掌心下的臉頰泛紅。我想起了夏天剛開始時，小島在美術館長椅啜泣的事。小島那時候整個人坐在椅子上動也不動無聲地哭。我那時候也想跟她說些什麼，我也應該說的，可是看著那樣啜泣的小島，我什麼話也說不出來，而現在，我依然說不出來。

「妳別哭啊，小島。」我輕聲說。

「我沒哭。」小島猛然抬起頭，雙手手背用力擰著眼睛說：

「我是哭了，但不是因為難過。」小島吸著鼻子，看著我的臉說。嘴角微微綻放了開來。

「這是正確的證明，我不是因為難過。」

我點頭。小島深呼吸之後抬起臉，又深深吸了一口氣。

「我剛才說……你是正確的，你相信我嗎？我是真的打從心底覺得你是正確的，你相信我嗎？」

「我相信。」我輕輕點頭。

「大家……害怕你的眼睛。」

小島聲音雖然輕，卻說得清楚明白。

「你的眼睛，他們說你的眼睛很噁心什麼的，其實都是騙人的，大家只是害怕啦，怕得不得了。他們不是怕你的眼睛看起來很可怕還怎樣，而是這是他們不能理解的存在，所以他們很害怕。那群人，就是沒有成群結夥就什麼也不敢做的廢物集團啦。所以一看到有誰跟自己不一樣，是不同種類的人就一定要毀了對方、要排除掉對方。其實他們根本怕死了，只好一直掩飾。他們做這些，還不是只想欺騙自己，讓自己安心一點罷了，結果耍壞耍得太久都麻痺了，但還是感受到了一開始就存在的恐懼感，只好每天、每天繼續這樣下去。可是你跟我，我們不管被他們怎麼欺負，都沒有跟老師或家長說，不管他們對我們做了什麼，我們每天還是繼續上學，所以他們更加害怕。要是我們在學校裡面哭得要死、求他們不要再這樣了，乖乖低頭，搞不好他們就不會再欺負我們了。所以我們不是隨便他們怎樣就怎樣，我們有自己意志的。在這件事情上，我們接受了現實。要說我們是選擇了這麼做也可以。所以他們更不敢忽視我們了。他們嚇死了，他們很不安哪。」

說完，小島用指尖摩挲了好幾次嘴唇，接著輕輕按壓著眼球上方像在確認眼球形狀一樣。我在光線的折射下，看見小島臉上浮顯著模糊的淚水痕跡。她看著我的臉，微笑著說——

「他們自己總有一天會發現的啦。」

我伸長了腿，在昏暗的泥土上站好，感覺好像看見了空氣從自己腳下開始變涼。天空的雲彩不曉得什麼時候已經暗淡下來，四處飄蕩著厚重的烏雲。遠處微微傳來雷鳴聲。我不知道現在幾點了。吸了口氣，變乾的血塊碰到鼻腔內部又起劇痛，同時我感覺好像一直隱約聞到很多東西摻雜在一起的味道。那些味道跟我呼出來的氣息混雜在一起，飄蕩在空氣中，沒多久，不曉得消失到哪裡去了。我無法說清那些飄蕩在那裡的到底是些什麼樣的氣息，但我感覺，沒有一種是我所熟悉的。

「我喜歡你的眼睛，」小島說：

「我之前也說過，那是你珍貴的印記。你的眼睛，就是你。」小島又說。

接著她瞇起了好像隱約又泛出淚光的眼睛，微微笑看著我。

「我很喜歡你的眼睛噢。」

＊

當天夜裡，我翻來覆去怎樣就是睡不著。

好幾次嘔吐感湧上，身體沉得像塊大石塊一樣，但是閉上眼睛，愈閉情緒愈高亢，眼皮底下一片暗茫一會兒濃一會兒淡，反反覆覆，就是沒有睡意。喉嚨疼得像被掐住了一樣，熱氣悶在了棉被裡，總覺得一口氣喘不過來。愈想趕緊睡，睡意似乎飄得愈遠。

我跟我媽說我是被腳踏車從正面撞到了，閃避不及。

她看見襯衫上變色的血，人都嚇傻了。

我說，是鼻血啦，別擔心。她整張臉揪成了一團，直直盯了我半天後終於信了，檢查確認了一下我身上沒有其他傷口後勸我去看醫生，說萬一傷到頭就不好了，我也跟她說沒事。一開口，鼻子就疼，但要是骨折應該會更痛吧，何況跟剛被當足球踢那時候比起來，疼痛已經輕微很多，我說我過一晚看看，便躲回房間裡。我實在不想跟任何人說話了。

換完衣服，要把沾血的襯衫丟進洗衣機時，我媽說那件丟掉好了，於是我默默遞給她。她皺著臉接過去，把襯衫捲起來，問我對方是個怎麼樣的人哪。我說那個人撞到我就跑走了。怎麼樣的人？我媽繼續追問。是一個年輕的男的——我說。我小時候就曾這樣跟人撞到，也被腳踏車撞過，也曾因為閃躲不及而跌倒。都是因為我的眼睛。我沒辦法確切掌握好距離。

腳踏車還好，我媽嘆口氣，要是車子的話怎麼辦？我說，那就會流更多血，覺得自己更接近死亡了吧。

隔天我媽叫我先去醫院做完檢查再去上學，但我說我回家後再去，一回來後就馬上去，說服了她，跟平常一樣時間出門上學。當天起床時，喉嚨跟胸口前所未有的痛，就那麼躺在床上無法動彈地僵了老半天。

要是能把一切都跟我媽講……不，不用講，只要能一直像這樣待在房間裡頭該有多好，我心想。可是我不能一直這樣，不能一直待在這裡。小島需要我，我也需要小島。雖然在學校裡兩個人也互相幫不上什麼忙，可是我想起自己曾經多少次只是單純看著小島的背影、知道她在那裡而感到救贖。也許小島也一樣，也會因為我人在那裡而打從心底鬆一口氣。我不能留她一個人在那間教室裡。

邊走邊在腦海中努力回想昨天小島跟我說的話，很仔細努力地想。

小島哭了。小島笑了。然後，她說她喜歡我的眼睛。雖然不是她第一次說，雖然我也不知道該怎麼回應這句話，可是那句話有股溫柔的力量，輕輕把我推回被那些人踢之前的狀態。

小島說，大家害怕我的眼睛。

她說，大家一看見不曉得到底在看哪裡的我的眼睛，便感覺好像有什麼自己不能了解的存在，為了逃避那股畏怯而不停地那樣對我。她還說，我的眼睛就是我。她說，我們不是隨便那些人想怎麼欺負就怎麼欺負的，是我們做出了選擇，接受了現況。她不斷不斷地說。我們就算被欺負得再嚴重也不曾告訴過別人，不管發生了什麼都一樣去上學，繼續在學校裡面對同樣的問題，繼續接受眼前的困境，這才是最重要的、最有意義的。

小島跟我的事、昨天發生的事、所有所有一切感覺都必須要用我自己的語言去闡述一遍才行。可是到底該從哪裡開始……，我感到茫然。從被霸凌的事開始？那根本已經習以為常了，如今重新思考，到底該怎麼去想才算是想？我的斜視？小島的印記？我感覺自己像是闔上眼睛沉入了無溫的深邃沼澤底。那是一個每當我讀小島的信或跟她在一起或當我想起她的時候，會感受到的那種明亮光線般的柔和觸感完全不一樣的地方。

毫無頭緒地走在林蔭大道上，在路的正中央停下來，試著深呼吸一口氣。那麼深、那麼長的一口氣，令肺疼了起來。接著我仰望天空。淡藍色天空什麼都沒有。密密麻麻的葉子依然四處開展，宛如一大片沉重的棉花，沉重得好像這一秒就要滿滿輕快地飄下來把我整個人覆蓋在那底下，在還來不及發出喟嘆前我便停止呼吸。不久還近在眼前的殘夏，已然杳無蹤影，一回過神，人已經站在了秋日之巔。就像是不知不覺時無聲無息飄落的冷雨濡溼了大地上所有一切，忽然之間，冷冷的秋天就已經充盈在這整個世界裡頭了。在光裡、在土裡、在味道中。

「臉怎麼啦——？」班會結束後，班導把我叫去，臉上表情看起來很詫異地問。

「我撞到腳踏車跌倒。」我回答。老師穿著白色馬球衫，把影印紙捲成一團搔著鼻翼，直直瞧著我的臉。

「跌倒了？昨天嗎？」

「對。」我回答。

「回家的時候？」

我點點頭。接著老師問了一大堆問題——幾點左右、在哪裡、怎麼撞的、對方後來呢等等，我照著跟我媽說的又講了一次。

「哎，那也沒辦法，不過以後走路要小心一點。你臉腫得很嚴重，看醫生了嗎？」

「還沒。」

「你最好去看一下。腫得很厲害，最好也去保健室看一下。」

說完後，老師把戴著手錶的手晃了一晃，讓手錶回到手腕原本的位置。之後說啊我忘了，你們今天下午的體育課要待在教室上預防保健，不去外面運動，你回去跟全班同學講一聲。我回去之後，二宮那群人馬上聚到我旁邊來問我跟老師講了些什麼。他們恫嚇我似地笑著問說沒問題吧？我說明了剛跟老師講過的事，告訴他們不用擔心。我覺得小島好像一直很掛心地朝我的方向瞄來，但是我沒有辦法看她。

我還沒看自己被踢後臉變成了什麼樣子。我已經很久沒照鏡子了。在學校去廁所也盡量避開鏡子，回家後也不看。實際這麼做之後就發現很簡單，並沒有之前以為的那麼難。於是我很快習慣沒有鏡子的生活。

放學後，離開學校先回家，再去鎮上唯一的綜合醫院。

醫院的味道——在除了這種說法之外也不知道該怎麼形容的味道之中，形形色色的人。頭上包著潔白繃帶的男人正在講電話。面朝大電視長椅上，幾乎全坐滿了老人。護理師在那些老人的耳邊大聲講解處方藥，這種講話方式像在臨摹寫在空中的一個個巨大字體般。

我在掛號櫃檯遞出健保卡，接著在那些老人的身旁坐下，有一搭沒一搭地看著螢幕上的新聞節目。旁邊坐了一位雙手疊在拐杖頂端一動也不動的老婆婆，完全不知道她眼睛到底是睜開的還是閉上的。

被叫到了名字後，拿到了一張塑膠卡片，要我穿過大廳，去骨科門診的地方等。跟我講解看病流程的護理師，像執行一件例行公事般對著我的指尖說話。

他們叫我去的那個科別病患比別的科都還要多，看起來都是一些外表上看不出哪裡受傷的人。我照著初診單上指示，在單子上做了記號，把初診單遞回去後便站著等待叫號。

被叫到了號碼後，進去診間，醫生一看到我的臉就瞪大了眼睛，噢哦地說這很痛吧？是一位年紀跟我爸差不多又或者大他幾歲，臉有點長、身材壯碩的男醫師。在一旁稍微有點髒的牆壁與用舊的器具襯托下，那一身白袍看起來幾乎白得帶青了。他胸前口袋插了好幾根原子筆跟附有橡皮擦的鉛筆。

「有流血吧？」醫生叫我坐下，一邊移動椅子這麼問。

「有。」我回答。

「流了多少？」

「很多。」我說。

一定吧——醫生點點頭，瞄了一眼初診單，問我撞到後有沒有頭痛或想吐的感覺。確認完了後，又問我撞到腳踏車的哪裡？我說我的臉應該沒有直接撞到腳踏車，是跌倒後撞到地面。醫生哼了一聲類似「哼嗯」的聲音，接著坐在椅子上朝我靠近，把手指抵在我額頭上按了按，抬起我的下巴、用銀色的小燈照亮我的鼻腔，同時把手指頭伸進去翻看。我聞到了一股微酸的口臭。看完後，他又沿著我鼻梁以不同力道捏了幾個地方，問我哪裡會痛。我說全都很痛，痛得眼眶中泛出淚水，最後從眼角流下。醫生移動椅子回到桌前，發出了唧——一聲，開始在病歷表上寫些什麼，接著跟我說要拍X光，叫我去走廊上等。

拍完了之後又等了一陣子，被叫進去診間，醫生指著X光片跟我說骨頭沒有異樣。

「沒骨折，不過被撞得這麼嚴重，應該還會再痛上一陣子。」醫生說完後，手握拳靠在嘴巴前咳了一下，說：「時間就是良藥，過一陣子就會好了。」

「所以不用回診嗎？」我低聲問他。

醫生笑說，「你要是想來也可以來啊。」

「看情況。我會開給你止痛藥跟貼布，你痛的時候就吃藥，貼布等晚上睡覺的時候再貼。如果不介意，白天也可以貼啦。算了算了，晚上貼好了。」說完後拿著原子筆頭輕輕敲了敲桌面。

「貼布直接貼的話太大張，你要剪一下。止痛藥頂多一天只能吃兩次喔。」

我說我知道了，道了聲謝，站起身。

「還有——」醫生開口。

「體育課暫時不要上，等消腫之後也先別上。你現在身體太弱。唔，不過老師看見你臉變成那樣，應該也不可能不說什麼吧——」說完後，張嘴無聲大笑了一下，從他張開的嘴巴中看見了整齊的齒列，每顆牙齒都好大，看起來有成年人的拇指指甲那麼大吧？

「一星期後再來一次，讓我看看你的恢復狀況。」

醫生雙手拍了一下膝頭，說聲多保重後，旁邊的護理師便好像收到了什麼暗號一樣，單手拉開了隔間簾，笑咪咪地領我走出診間，喊了下一位患者的名字。

那聲音聽起來有種奇特的鼻音。

6

秋意漸濃。

穿過一如尋常的林蔭大道抵達了學校後，走進正門口的大花壇，有一種不知名的花朵開始綻放。淡粉色與白色大花瓣的圓形花朵，像突然想了起來一樣，在乾樸樸看來像是海草糾結成團的綠意上頭一朵朵綻放開來。

秋天的花吧，我心想。但這種東西看得再久，也感覺像存在於我所觸碰不到的世界之中。我唯一能確切感受得到的，只有殘留在鼻子上的疼痛。但那痛，也隨著時間一天天緩和了，只有心情，還等不到好轉。

十月十日剛過，收到了小島的信。信很短，只寫著──明天放學後，我在樓梯那邊等你。

那封信也像之前那樣貼在我的抽屜裡，我在廁所裡讀了信。上頭字跡，與第一次收到信時小島的字跡給我的感受差很多。的確是小島寫給我的沒錯，可是那用自動鉛筆寫得像細線一樣單薄又細弱的字，不知何時已經一個個愈來愈大、愈來愈濃，甚至讓人感受得到筆力。但字跡的確是小島的字。我看著那些字，感覺很奇特，煩惱了半天後回信跟她說我有事不能去。

隔天小島又回我一個紙條，說隨時都可以，希望我有什麼事都跟她說。又隔了一天，又貼了張紙條，說想跟我見面聊聊。兩封我都沒有辦法回。

我沒有心情跟她碰面。

開始睡不著。

早上起床後，都會感覺喉嚨跟胸口依然疼痛，那痛在喝了點水後會痛得更明顯。拖著發呆似的腦子與身體去上學，上課中忍不住打瞌睡被老師警告的次數愈來愈多了，成了二宮他們嘲笑取樂的題材。睡不著，身體開始成天冒惡汗，肌膚一整天都溼黏黏的。

就連在家裡只跟我媽說早安、我回來了這兩句話也覺得很疲憊，關在自己房間裡，書也不看了，更不想碰。一整天關在拉上窗簾的房內，只想躺在床上動也不動。食欲像是被一點一點削去愈來愈低，腦內感覺好像有半邊被什麼東西塞住一樣。泡澡時開始不知道從哪裡洗起，就只是泡在水裡而不洗。

「你什麼時候才要去看醫生啊？又沒有專業知識，也不聽專家的話，你的鼻子會爛掉喔。」

有天早上我媽這麼說。我隨口搪塞了幾句，走向玄關。回過神來才意識到，離上次去看醫生好像已經很久了。

「你知道你鼻子爛掉的話，接下來會怎麼樣吧？」我媽又朝著我後背說。

「會掉下來。」

「不只吧？你那應該會整個剝落，豈止掉下來而已。」她又加重了語氣。

「你知道剝落跟掉下來的差別吧？剝落就是啊——」她好像還要繼續說下去，我隨口應了幾聲，打開門走掉。

十月快要結束了。這陣子，睡不著已經成為家常便飯。有時候感覺好像睡了一個小時吧，立刻又醒來，然後又睡不著了。起來後，看著一片闃黑的窗外，過一會兒再躺回床上，閉上眼睛，就這樣不斷重複。

恍神地瞄向桌上月曆。已經失眠一個月了。月曆上印著一九九一年十月。這樣子才過了一個月？我躺在天亮前的昏暗房內，試圖回想這一整個月的事，但具體發生了什麼也想不起來了。

我開始考慮自殺。

一開始，只是一個模糊的字眼，沒什麼真實感。自殺，這兩字的印象不過是某個地方的某個陌生人的死法而已。但這想法一旦進入了腦中，便每秒鐘隨著時間在腦中膨脹成奇特的形貌，不再只是某處某個陌生人身上所發生的事或狀況，而是當下自己這副身軀，只要我想要，也可以讓它發生。體內深處，開始湧現如此感受。

這想法愈來愈具體了。

我摸著自己的手腕，想像拿刀一刀劃下。但是拿刀的右手、被劃的左手，感覺仍舊很遙遠，不過我知道，只要一劃下，那血將是那天在體育館中從我鼻子中流出來的血所無法比擬的多。那時候的我沒死，但手腕，就是為了死而割。

接著我開始幻想吞很多藥物自殺。一大堆藥丸塞在喉嚨裡頭慢慢下沉，把胃填滿。我思考著，藥跟胃液混在一起黏黏稠稠的，將會在我身體哪個部位發揮藥效呢？睡著後死掉，感覺是一種連自己也不會發覺自己死掉的死法，我甚至覺得這可能是最棒的死法了，可是還是很沒真實感。現實世界中的我，要怎麼樣弄到藥、怎麼用，我都還不知道，只覺得吞藥而死，身體一定會變得很冰冷吧。

死，到底是怎麼回事？我待在漆黑房裡無邊無際地不停想著，也想不出結論。接著開始幻想，這一刻，一定也有人正在死去吧？這不是一種假設或玩笑，而是一種真正的事實。我試著想，這是一個完美的事實，只要活著，總有一天會死，早或晚而已，既然這樣，也可以說活著就只是在等待死亡而已，也可以這麼講吧。既然如此，人為什麼要活著呢？活著的我，又算什麼？腦袋愈想愈混亂，翻了好幾次身，重重吐氣，接著又開始覺得死掉跟睡著了是同樣的事吧？睡著是等到隔天早上醒來後，一睜開眼睛的那一剎那才會發現自己睡著了，但是早晨如果永遠不來，睡著的人不會就一直睡著嗎？死難道不也是一樣？既然這樣，死掉的人當然也不會有機會發現自己已經死掉了吧。換句話說，死掉的人其實都沒發現自己死掉了。我搖搖頭，心底湧現了這樣奇異又確實的感受。

一開始會想死，只是想從這當下消失而已。只是想消失，只是想變得輕鬆一點。但是萬一死掉這件事並不表示絕對的終結，我真的有辦法消失嗎。我難道不會淪落到只是在一個像夢一樣的世界之中遊蕩？那個活著的夢般的世界，跟我現在所活著的這個世界又有些什麼不同呢，誰也不曉得不是嗎？

我看見了穿著制服的自己被擺放在棺材裡，鼻孔內被塞了白色的棉花，跟之前參加喪禮時看到的一樣，有幾個人圍在我身邊。我不禁失笑。就算真的成功死掉，也不可能看得見自己死後的世界，我卻這樣幻想自己死掉後的情況，真是太可笑了。同學們會怎麼想呢？遺書內容恐怕也會左右一點情況，二宮那群人會受到懲罰嗎？還是全班一起努力瞞混過去？會有人覺得只不過是受到那麼一點欺侮就自殺，自殺的人才有問題吧？會有人這麼覺得嗎？會吧。也會有一派人覺得那種人反正本來就會死，自殺只是剛好而已啦。會吧？會被說成是我抗壓性太差、太草莓了嗎？那這樣，就算我自殺死了、不存在了，有什麼事是會讓我覺得至少這樣就足夠了嗎？譬如說，小島可以從被霸凌中解脫？還是說情況只會變得更糟？我閉著眼睛，每種想像都在腦袋裡頭盤旋又消失、盤旋又消失。可是即便發生了多嚴重的事，人都是善忘的。像我這樣一個因為被霸凌得太痛苦而死掉的人，恐怕也不會改變什麼吧，一定。

我開始在半夜哭泣。沒有意識的哭，就只是一個人，流汗一樣地從兩隻眼睛中撲撲地掉下淚水。掉落的淚水總是停不下來。我問我自己，我是悲傷嗎，但我也不曉得悲傷到底是怎麼樣的。如果說哭就代表很難過，那麼我應該就是很難過吧。但我也不曉得我是哭了才難過，還是因為我很難過所以我哭。掉個不停的眼淚一顆接一顆，就是掉個沒完，我心頭一激動，淚水又滑了出來。我就那樣一直躺在床上動也不動，直直盯著黑夜走到盡頭。

*

小島依然會給我寫些簡短紙條或是有點長的信來。

都是一些很體貼的信。讀後會覺得要是我能夠跟小島見面聊一聊，不知該有多好。可是我就是沒辦法。不知怎地無法回信。那個夏天、那些在逃生梯上、那些所有溫暖的能夠帶給我撫慰的情緒，就是一樣樣被剝落了下來，沒有半片再觸摸得到。

上課時所聽見的話，在傳入耳內前就已經一片片散落。我只是傻傻坐著，我不知道怎麼樣用力，就那樣一天天感受到自己正在衰弱，像一個毫不相干的人。但在這之間，小島寫來的信卻跟我的情況相反，彷彿得到了一種我所不知道的、有力量的能量，一天天、一天天愈來愈強。我凝視著那些，但無法再思考更多。

在教室裡，在走廊上，被同學們欺侮嘲笑的小島，也明顯能看得見那樣的變化。

從前那個好像只是一團舊棉被毫無生氣的小島，現在卻彷彿像被一種她信中透露出來的力量守護著。不，不是守護，而是她自身就擁有了那樣的力量。教室裡面所有一切，都跟從前沒兩樣，只有小島，確確實實地以沒有任何人知道的方式蛻變，我看得出來。的確，她表面上人就在那裡被班上其他女生又踢又使喚東使喚西，可是實際上，有些瞬間你甚至沒法釐清那兒究竟正在發生什麼。

有時候我跟她眼神對上，小島會緩緩移動身體，只用嘴角對著我笑。我因為遲遲沒回她信而有點歉疚，可是小島那笑容，看起來像是一切都沒有關係的樣子。她會凝視著我，直至我移開眼神。

*

隔週星期四，我去了一趟醫院。

到時已經五點多了，跟上次去時一樣，櫃檯跟大廳擠滿了人。

感覺上那些人、那些色彩、電視上的內容、聽見的聲響、聞到的味道，全都跟上次去時一模一樣，沒有半點不同。當然我去的是同一家醫院，也許很自然會有這樣的錯覺，只是那並不是一種熟悉感，或是之前不曉得在哪兒經歷過的既視感，而是一種恍惚之間，你就突然不曉得自己到底是從什麼時候就在那裡。這種感受很奇特。

就在我抬起腳步，要走向櫃檯的時候，忽然在大廳的椅子與人群中瞥見了百瀨的身影。

他還沒換制服，正跟一堆等著看病或拿藥的人一起，坐在最後面的位子上。

我心臟乍然狂跳，下意識地閃到公共電話後頭躲起來。一個把話筒夾在下巴跟肩膀間正在笑著講電話的中年婦女突然被我嚇到，眼睛迅速在我臉上掃了一圈後就轉過身。從百瀨坐的那個角度應該看不見我，但是那個人絕對就是百瀨。

「是百瀨！」我光是這麼想，心臟已經愈跳愈快。

這才察覺到，從來沒有在學校以外的地方碰到二宮或百瀨他們。

在學校裡頭發生的事，就只是學校裡頭發生的事。雖然包括霸凌在內，所有二宮跟百瀨還有其他同學的存在都令我無比痛苦，可是基本上，那只不過占了我生活的一半而已。在學校之外的地方看見百瀨的身影，令我感到一股無來由的不安，我知道我只要今天放棄看醫生，直接走出身後的那扇自動門回家就好，可是不曉得為什麼，我卻躲在好幾個黃綠色公用電話跟觀葉植物之間的縫隙，一步也不能動。

但下一瞬間，我居然緩緩踏出腳步，朝百瀨走去。

我走在不硬也不軟，只能說是中間值的不曉得到底什麼材質做成的大廳地板上，鞋子的橡膠底結實地踩在地上，好像想確定什麼一樣地往百瀨緩緩走去。那時候，我腦子裡什麼念頭也沒有，也不是有什麼話想跟百瀨說，更不可能是想看看他的臉或什麼的，連我自己也不曉得我到底要幹麼。

百瀨整個人沉進最邊角的椅子上，雙手抱在胸前，盯著他的腳尖。

我讓自己的腳尖靠近那個腳尖，停下了腳步。

我知道百瀨的眼睛從進入了他視野的我的腳尖移向了我的膝蓋，又從膝蓋移向了大腿，一段段往上移，接著在鎖骨附近停了一口氣後才抵達我的臉。那像是無風之日的流雲般眼神的移動。就只有黑眼珠在動，渾身不動，最後只稍微抬了一下下巴而已。

我一聲不吭地站在那裡俯視百瀨。

百瀨只看了我幾秒鐘，就又把視線移回去他的腳尖。那活像看什麼預防接種宣導海報一樣的眼神。而那眼神，讓我聯想起全新的白手套。

我留心別碰到百瀨的腳，像從他膝蓋跨過去移動到他身旁的位子。那座位的椅背部分已經變色，椅面上擺著看起來已經被翻得又鬆又亂又皺的報紙。

百瀨在我跨過他膝頭時也完全動也不動，沒看我一眼。那態度不像是裝的，而是他真的完全對我毫無興趣。我在雙手抱在胸前，文風不動的百瀨身旁坐了下來，也雙手抱在胸前，盯起自己的腳尖。百瀨似乎正在思考什麼完全與我無關的事情。

過了老半天，櫃檯還是沒有叫到他的名字，當然也沒叫到我名字。

他是已經看完醫生，正在等待付費拿藥嗎？還是接下來才要看診？我不知道。可是他看起來也不像哪裡受傷，也不像是身體不舒服。

我們兩個好一陣子就那樣靜默不動。

旁邊的人則是像要連我們的份也要動完一樣，不停扭來扭去。自動門開開關關的聲音、護理師聽來很輕柔的鞋底啪嗒啪嗒的走動聲、誇張的問候聲之中，我就坐在百瀨身旁活像長了根，一動也不動。

後來不曉得坐了多久，只過了幾分鐘還是更久呢我也不知道，只知道在那已經流逝了一段時間的過程中，我內心是那麼緊張，卻同時有一波波的睡意襲來。為了揮開睡意，我搞得自己腦子裡沉鈍鈍地痛。昨晚也沒睡好，上課時、傍晚的時間一到，我就會被難以抵擋的睡意襲擊。重疊的布鞋白色影像開始模糊了起來，我怕眼皮真的垂下來，眉心一直用力。

忽然間，百瀨像想到什麼一樣站起來，邁出了腳步，我也趕緊站起來追過去。百瀨連回頭看我一眼都沒有，筆直穿過了自動門走去外面。我也趕緊追出去。外頭已經暗了下來。方才還殘留著日光的地方，已經被夜暈染，四處開始飄散出涼意。一陣狂風吹來，吹得樹葉沙沙乍響。百瀨穿著制服的背影，被迎面而來正要去醫院的人群遮住，像是即將淡入將掩的夜色之中，實際上腳步不知道比走路速度快了幾倍一樣迅速消失在另一頭。我也趕緊加快腳步，小跑步追上去。醫院占地遼闊，我看見一輛輛腳踏車停得像一團團銀色的團塊似的腳踏車停車場，也看見有冷白光色的小電燈沿著草坪等距排列，同時也搭配間隔擺放了固定式長椅。百瀨快要走出醫院大門那一剎那，我幾乎無意識伸長了手抓住他外套領子，把他往後一拉。

百瀨雙手的肌膚顏色在空中誇張擺動一下往後倒下，單手撐在了柏油路上。他抬起頭看我，立刻又別過臉去，不吭一聲地站起來，開始輕輕拍掉身上灰塵。接著側過身子瞪著我，我也直直盯著他看，沒有別開臉。

「幹麼啊？」

他問，雙手依然插在口袋裡，脖子稍微側著。我是第一次這麼近距離聽到百瀨的聲音，跟印象中差了很多。我沒回什麼，過一會兒後，百瀨又問了一次——

「幹麼啦？」

「我有事情想講。」

我其實沒有什麼話要講，但是這麼說。

「跟誰？」百瀨臉色毫無變化反問。

「跟你。」我說。

「誰？」

「你，我要跟你說話。」

「可是我沒有話跟你說耶。」百瀨回。

「可是我有話跟你說。」我說。

百瀨直直瞅著我的臉。我其實也不曉得我到底在講什麼，也就筆直地看著他。我感覺到自己的膝蓋跟指尖在微微發抖。

「我有什麼必要要聽你講話啊？」

「沒什麼必要。」我說。

「你今天也只是剛好在這邊碰到我而已吧，所以有什麼話，不見得要現在講吧？等下一次偶然遇見我時再說吧。」百瀨嘴角微微揚笑這麼說。

「今天不是偶然，我是看見你走進醫院才進去的，」我撒謊：

「因為我有事想跟你說。」

百瀨擺出了一副沉思了半晌的模樣，接著瞥了一下我的臉，輕輕嘆口氣。

「噁心耶真是！」他獰笑，接著問我：「長話短話？你要說的話跟我有關係沒有啊？」

「我不知道，可是我有話要跟你說。」

「那你就說啊——！」百瀨說完後，走向燈柱底下的一個長椅坐了下來。我沒坐下。

「我睡不著。」過了一會兒後，我說。其實腦袋裡頭根本沒有什麼必須要跟他說的事或說的順序，可是那話像是從我嘴巴裡頭溜出來一樣。我又在腦子裡重複了一遍我剛剛講的話。的確，沒錯，我睡不著。事實。

「這一個月，我幾乎都沒辦法睡。」

「噢——」百瀨看著自己交握在膝蓋上的指尖這麼應了一聲。

「睡不著啊？」

「對，睡不著。」

「那你睡不著跟我有什麼關係？」百瀨擺出了一副當真覺得莫名其妙的表情給我看。

「因為是你們害的，我睡不著。」

「你們是誰啊？」他又擺出了更佳不解的表情這麼問。

「你們，害得我睡不著。」

「所以我就說，你們是誰啊？」

「就是你們啊。」

噢——。百瀨點了點頭，指頭在眼尾迅速搔了幾下：

「假設真的有所謂的『我們』好了，那麼這個『我們』，到底有對你做了什麼呢？」

欺侮我。我馬上就想這麼說，但說不出口。我感覺這好像不完全吻合實際的狀況。嘴巴裡頭一直在發抖，牙齒磕碰磕碰的。我吞了一口口水，下顎緊繃，深呼吸了一口氣後，很想跟他說「你們對我做了很過分的事啊，不是嗎？」但是我也感覺到這種說法好像也不能完全講清我所面臨的困境，以及百瀨他們對我所做的惡事。要怎麼講才正確，我完全想不出來，只能悶不吭聲。

「到底是怎樣啦，」百瀨以一種毫無溫度的聲音問我，「怎樣？」

「你們，」我把發抖的指尖藏在外套口袋中，放慢了速度說，「日常性地對我施加暴力。

「命令我、踹我、揍我。因為我斜視，你們用這理由欺負我。」我說。

「所以你現在這樣是要我們不要再這麼做了是麼？」百瀨問我。

「大概是吧。」

「大概？真好笑耶！」百瀨笑了，「哪招啊？」

「為什麼……」我說，接著就說不下去了。一不說話之後，百瀨又嘆了口氣，一臉很受不了地唸：「所以現在到底是想怎樣啊？」然後又嘆口氣。

「為什麼……你們可以那樣做……為什麼……你們可以做那麼毫無意義的事……。不管是誰，都沒權利對任何人做那種暴力行為，完全沒有。」我一字一字清清楚楚地說：

「我根本沒有做任何要被你們施暴的事。」

百瀨十指交叉地好像望著我膝蓋那邊。

「我也沒說請你們不要介意我是斜視，或者說我長這樣的事……」

我緩緩一字一字地說，嘴巴裡頭不停分泌唾液，卻一直覺得口好渴嘴唇也好乾，不得不一再地舔嘴唇。百瀨坐在長椅的邊上，一直玩著手指甲。我吞了吞口水，繼續說——

「大家看見我的臉就會轉過頭……我已經習慣了。別人在心裡怎麼想，我管不著，但是可以的話，我希望放我一馬。

「這樣的眼睛也不是我選的……就像你天生眼睛就很正常，那也不是你自己選的啊。就這個意義上來說，我們都是一樣的。你覺得我長得很噁心，我也沒辦法，可是……那也不表示你們就可以對我施暴啊，沒有人有權利對別人施暴。」

我邊說邊把還在微微發抖的手指藏在口袋裡，雙手用力握住拳頭。身後傳來了腳踏車聲響，一群婦女們歡樂地聊天經過。

「我真的聽不懂你在說什麼。」

百瀨過了一會兒，揚起單邊眉毛看著我的臉說：

「真的聽不懂。」

「哪裡聽不懂？」我問。

「我先跟你說啊，」百瀨開口：

「你剛才說，就無法選擇這一點來看我們兩個是一樣的，這我真不敢苟同耶。你也看得出來我沒有斜視，我也不是你，你也不是沒有斜視，你也不是我。」百瀨笑著這麼說。

「所以我跟你完全就不一樣好嗎？然後你剛說什麼，沒有人有權利對別人施暴？你什麼也沒做，為什麼我們不能放你一馬？你怎麼會這樣子想啊，我真是不明白耶。」

「哪裡不明白？」我問。

「人有沒有權利這麼做不是重點，重點是想這麼做，所以才這麼做好嗎？」

百瀨說到這，咳了一聲，摸著食指關節繼續說——

「然後你還說了什麼？噢對，你說做這種事一點意義都沒有？是啊，我同意這種事真的完全毫無意義，可是這樣不是很好麼，毫無意義。沒有意義不是很好麼。然後你希望別人放過你，那是你的自由啊，當然，可是別人要不要配合你，那也百分之百是你周遭人的自由。這種事是很難有共識的。你總不能因為這個世界不能按照你的期待來對待你，你就對這世界抱怨吧？是吧？也就是說，你要告訴我你怎麼期待，那是你的自由，但我要怎麼想怎麼行動，你基本上無法干涉。這兩檔子事是完全沒有關係的。」

我在腦袋裡面重複了一次他的話，望著他的手。

「還有啊，」百瀨又說——

「我有點介意，你從剛才就說你眼睛怎樣怎樣，你是斜視所以才怎樣，我告訴你，那根本一點關係都沒有。」

我一聽整個人都僵住了。

斜視跟那沒關係？喉頭傳出了跳動的聲響，耳內深處寒毛收縮了起來。我舔了好幾次嘴唇，吐氣又吸氣，接著擠出聲音——

「你說……的是什麼意思？」

百瀨聽見我的疑問，好像很好笑似地笑了出來。

「所以我是說啊，你好像誤會很大噢？對啦，你在班上常被欺負嘛。我是不覺得有什麼好玩啦，但我反正也不在乎。只是全班的人幾乎所有人都會嘲笑你、諷刺你、對你又踢又揍噢，就像你剛才講的，這情況已經變得很尋常了，我同意。然後大家叫你脫窗仔，這我也知道，可是我跟你說啊，這些其實都只是湊巧而已啦，不是因為你斜視，基本上跟那沒關係。你斜視並不是你被霸凌的最主要原因。」

「我聽不懂你在說什麼。」我說：

「你們一直、一直都……嘲笑我的眼睛，至今為止笑過了多少次啊？一直喊我脫窗仔……，一直都在對我施加暴力不是嗎？然後你現在說什麼，我的眼睛跟那沒關係？」

「所以我就說啊——」百瀨賊賊地笑著看我——

「對象不一定要是你啊，誰都可以。只不過剛好那時候你人就在那裡、剛好那時大家的心情是那樣，剛好兩個情況同時存在，就只是這樣而已啊。」

「我聽不懂你的意思。」我好不容易擠出了聲音，脫口而出。

「你到底是哪裡聽不懂啊？我就說了呀，你被欺負這件事跟你是斜視這件事完全沒有關係。」百瀨一臉很受不了地又嘆了一口氣這麼說。

「那為什麼，全班那麼多人裡面就挑我欺負？」我問，又猶豫了一下，加了一句：

「不只我，連……小島你們都欺負好麼？你們笑她髒，一直在欺負她啊？你說一切都只是剛好，那麼為什麼就是我跟小島被欺負？為什麼就只是因為什麼剛好這樣的理由，我們就要被欺負成這樣？」我聲音發抖。

「小島？」

百瀨歪了歪脖子看我。

「噢——，的確有這號人物——」

一陣強風颳來，吹響了群樹婆娑。

「所謂的『剛好』，簡單來說，就是這個世界的運作法則啦。」百瀨這麼宣稱著。

「不只是你被欺負這件事而已啊，你看這個世界上，有多少事都不只是剛好而已？沒有啊。事情發生了之後，當然要找多少理由去詮釋都沒有問題，可是所有事情在一開始發生時，無論如何都只是剛好而已。你會出生在這個世界上就只是剛好，我會出生也只是剛好。我們會在這裡遇見，也只是剛好。只不過這種偶然性裡面，也會存在著某種傾向。我們人有時候就是會剛好想幹什麼啊不是麼？那要說是欲望嗎？剛好有時候就會跑出來麼？有時候剛好想打人、想踹人，這種欲望出現的時候剛好偶爾可以獲得滿足。你所面臨的，就是這些情況剛好吻合的結果而已啦。」

「剛好……？」

我無法理解地重複了一遍。

「是啊，剛好。我對你根本不在乎，二宮他們想對你怎樣我完全沒有興趣，就算我人剛好在那裡，也沒有任何感覺，沒有任何想法，完完全全沒有一絲一毫的興趣。你要我說的話，我就是這樣。」

「你……」，我低吟——

「你覺得……就只是這樣……就可以隨便對別人想怎樣就怎樣嗎？你真的那麼想嗎？」

「我說啊——」百瀨又嘆了口氣：

「你是要討論好壞是不是？我又不是在跟你講這個，我只是在跟你說明情況而已。」

我沒有吭聲，渾身無能動彈。我不知道該說什麼，只能呆站著一直盯著百瀨的膝蓋。百瀨一邊玩他的手繼續講下去——

「這裡面也沒什麼意義呀，大家只是照欲望去做而已，我猜。總之，就是先有了欲望，這些欲望在出現的那一刻並沒有什麼好或不好。接著呢剛好出現了能滿足這些欲望的情況，包括你在內。然後大家為了滿足這些欲求而隨心所欲地去做了，就是這樣啊。你啊，你也有你想做的事吧，然後有機會的話你當然也會去做吧？基本上這後面的原理都是一樣的啦。」

「不一樣，」我下意識反駁，口袋裡的手指不斷地摳著指甲。

「那……那只是你在鬼扯而已，不然……一個人去想去的地方，跟想揍人就去揍人這兩件事情一樣嗎？」

「表面上看起來當然不一樣，但是基本上道理是相通的，有哪裡不一樣啊？」

「你們……根本就知道那些事情很壞吧！」我說：

「你說你們只是隨心所欲順從欲望而已，可是你們也知道那些事情是不被允許的吧！」

「是麼？我也不曉得耶。」百瀨歪歪頭：

「不過，這很重要嗎？」

「不然你們為什麼要故意掩飾，為什麼要做得讓人家看不出來？」我質問。

「你們就是……心底有鬼啊。所以每次才會恐嚇我、要我不准說出去，還瞞著老師做。你們刻意打得我外表上看不出來啊。要是像你說的，那些也跟其他欲望一樣，為什麼你們不敢堂堂正正去做？你們就是知道那是錯的，不然你們就……堂堂正正地做啊？」

「為什麼要那麼麻煩？有必要嗎？」

百瀨一臉不明所以地回問：

「為何啊？」

「你們要是覺得那是正確的，就可以那樣做不是麼？」我說。

「這跟有沒有權利是同一種邏輯喔。」百瀨答。

「不是因為正確才那麼做，而是因為想做所以才那麼做，懂麼？你有沒有在聽我講話啊剛剛？」

「才不是，才不是這樣呢！」我說。

「就是這樣。」百瀨回答。

我吁了口氣，抬起臉，晃了晃脖子。空氣稍微冷涼，夜色更深了。我瞇起眼睛，看見燈柱旁飛舞著一些白色蟲子。我摘下眼鏡，揉揉眼睛，試著把剛剛百瀨跟我講的話再想一遍，但是不順利。好不容易才勉強自己站好不要倒下去。

「你如果立場跟我對調的話，有辦法接受你自己剛剛跟我講的話嗎？」

「我又沒有叫你接受，我有那麼講嗎？」百瀨聽起來很不爽：

「你根本沒必要接受我的想法嘛，你要是不喜歡，你就自己想辦法呀。」

「所以我……」

「噯，我跟你講，怎麼講啊，這世界不是單一個面向的。那種每個人都能產生美好共識和諧一致的世界，這個是不存在的。雖然有時候看起來好像有，但那只是看起來。大家基本上都活在截然不同的世界。從一開始到最後。然後接下來呢，就只是這些世界的搭配組合而已。」

「那只是你……」我正要反駁，被百瀨打斷。

「在這些搭配組合裡，你那邊發生的情況跟我們這邊發生的情況乍看之下好像彼此關聯，但其實可以說是毫無關係。對吧，你直到剛剛還以為你的眼睛就是引起你被霸凌的主要原因，但其實就我來說，我覺得根本毫無干係。你被霸凌到晚上睡不著，這我一點都無所謂。什麼良心苛責之類的，我完全沒有。沒有任何感覺。就我來講，我甚至不覺得那叫做霸凌。這話題不只是侷限在你我之間，你仔細想想，這個世界上的每個人都是這樣，只不過事情沒有照你所想的去發展而已。你所想的跟這世界上基本上什麼關係都沒有。只不過是彼此的價值觀互相拉扯，各自在各自的世界裡頭完結了而已。」百瀨說到這咳了一聲，又繼續說──

「所以呀，如果你所宣稱的那些霸凌，你真的不想接受的話，你就想想辦法讓我們──不，應該是說讓二宮停下來。我剛也跟你說了，我一點都不覺得那有什麼好玩，也不享受，只是我剛好碰巧不曉得為什麼人就身處在那些情況中、剛好碰巧出了點主意，當然啦，也是剛好我碰巧有能力那麼做而已。就只是這樣。

像現在我這樣跟你在這邊廢話，也只是剛好碰巧而已。」

「那……別人的感受呢？」我悶吭了一句，自言自語一樣。

「關我屁事啊。」百瀨說：

「這不是很正常嗎，自己的感受要自己想辦法啊。我總不會叫你替我想想我的感受，我總不會講那種莫名其妙的話吧。是不是？沒有人會那樣說啊。」

百瀨講到這裡好像覺得很逗一樣笑出了聲。我沒有說話，看著他笑。他笑了半天還在笑。

「所以啊，藝術也是、戰爭也是，什麼事都是這樣啦。大家說這個很怪、那個很美、這才是真理、那是假的。你轉個頭看看，到處都在講這些事情爭論不休不是麼，吵八百年也吵不膩。其實就只是沒有辦法閉上嘴巴不說話而已啦。活著就是這樣。一下子氣死、一下子樂死，結果咧，到頭來根本就是很享受這樣而已嘛。」

百瀨說到這，聳起了肩膀，伸展一下脖子後側：

「我有時候會覺得啊，很恐怖的反而是存在這些事情裡面的欲求。」百瀨說：

「所以活著就只能靠自己，沒有人會守護你。」

百瀨說到這，噗哧笑出聲，好像覺得很風趣，邊撥頭髮邊笑個不停。我看見他嘴唇中露出了潔白的牙齒。

「好啦，你打算要討論多久啊？」笑夠了之後，百瀨臉上帶笑地和我說：「我覺得我應該有好好回答了你的疑問啦。」

我不知道如何反應。靜默了半晌後，我朝向他說——

「我要是自殺的話，你會怎麼辦？」

結果百瀨居然又笑出來了。

我完全不管他，繼續說——

「我會在遺書裡頭把你們的事情全都寫出來，一件不漏。全都抖出來。」

「噢哦——」百瀨終於笑完了，望著我的臉——

「大概會惹出一些麻煩，所以咧，那又怎樣？」百瀨問：

「我們這種年紀不管做什麼都不會被當成罪犯。這種事啊，一下子就沒熱度了啦。霸凌的定義本來就很難說，這種事，就是看你怎麼詮釋啊。」

「你難道沒有罪惡感？」我聲音幾乎都滅了地問他。

「罪惡感？」

「你沒跟二宮他們在一起的時候……，像你自己一個人獨處的時候，難道你對於你所做的事一點罪惡感都沒有嗎？」

「沒耶。」百瀨秒答：「沒有。」

「你……要是你家人也碰到了我這樣的遭遇，你難道……你也會難過吧？」

「我當然會難過啊！」百瀨一臉驚詫：

「你以為我到底是個什麼樣的人哪，真是。我是不曉得你到底知不知道啦，不過我有一個很可愛的妹妹耶，我絕對不會讓她碰到像你那樣子的事。」

「你不願意你的家人或者你自己也不想被那麼對待，那麼為什麼你可以對別人那麼做？」

「我就跟你說這兩種事沒關係啊──。我不想讓我妹碰到的事，所以我也不能對別人做嗎？你什麼意思啊？」

百瀨瞪大了眼睛瞅著我：

「你不想被別人怎樣的話，自己就要保護好自己呀。這道理不是很簡單？我猜你其實心裡也明白啦，什麼己所不欲，勿施於人都是鬼扯，謊話而已啊，有什麼好疑惑的。那都是一些沒有能力思考也沒能力打拚出一些什麼又弱又沒本事的人所想出來的藉口啦，你幫幫忙好不好——？」百瀨說完笑了：

「實際上不就是這樣麼？不然你看，那邊那個男的。」百瀨用下巴指了指我斜後方，一對看起來四十五、六歲左右的夫妻帶著一個看起來比我稍大一點的高中女生，一家人正往醫院大門走去。

「我當然不知道那個男的是個怎麼樣的人，不過假設說，那邊那個女兒說她要去賣春啊、拍一些影片啊，脫光衣服跟隨便一些男的搞做那樣的工作，她爸一定會反對吧？是不是只是表面上反對我們當然不知道，不過我看像那種男的，一定會卯起來反對。可是啊這些都是細微末節，那個男的，肯定也會去看一些不曉得誰人家女兒拍的色情片吧？去一些不知道誰家女兒把腿開開，全身脫光幫自己服務的店吧？那種事，大家都能隨便做啊。若無其事地做。所以真說什麼事一定要考慮到別人的立場才能做，那麼那個男的，一定會先想到那個不知道誰人家腳開開、脫光光幫自己服務的女人的老爸的心情哪。可是這就是這、那就是那，兩碼子事，不相干啊？沒有哪個當爸爸的會去想到眼前脫光光的女人老爸的心情啦。我覺得這樣很好，有什麼關係。而且這也不是什麼對啊錯啊的，這是從一開始就風馬牛不相干的兩回事嘛。大家都是看自己方便做事啊。」百瀨揉著眼睛繼續說：

「會說要站在別人的立場想的那些人，就只有活在沒有差異性的世界裡頭的居民啦，沒有人會矛盾相左。可是我問你，這世上有這種人嗎？有嗎？誰不是從自己的立場去想事情、去配合自己的方便行動？因為不想要別人來壞了自己的方便，大家才會散播那種天大的謊言，不是嗎？大家不都隨便做著一些不想要別人對自己做的事？肉食性的吃草食性的，學校就是一個讓每個人在某一段時期的能力優劣被清清楚楚判別出來的地方啦。強欺弱，這永遠的定理。連表面上講一堆好聽話、把對自己有利的規矩都擺出來、龜縮在那些規矩裡頭活著的人，也沒辦法逃避這樣的事實啦。」

「所以做什麼都無所謂嗎？只要想就去做，這樣活著就是王道嗎？」我幾乎已經被擊沉了，聲音小到也不曉得到底是在問他還是在問自己。

「小時候，大人不是都告訴過你做壞事會下地獄？」百瀨問。

「那種東西，就是沒有才要故意虛構出來。什麼都一樣，所謂的意義，就是不存在，所以才要刻意捏造吧。」百瀨笑道：

「弱者無法承受事實。什麼悲傷啊痛苦的尤其是人生什麼的根本就沒有意義，這麼簡單的道理弱者也沒辦法承受啊。」

「這種事……誰知道啊。」我擠出聲音反擊。

「一般正常人都知道啊。」百瀨笑說：

「如果有地獄的話，那就是當下這裡了。有天堂的話，也是當下這裡了。當下這裡就是一切，那些都毫無意義。而我覺得這點實在好有趣噢，讓我樂得受不了耶。」

我沒說什麼，靜靜瞅著百瀨的臉。

「所以呀你不要再相信那些笨蛋一樣的蠢謊言了。自己的人生，只有自己才能守護。」

「那如果我……」我試著從一片混亂的腦袋中釐清，慢慢吐氣，慢慢說——

「如果我說我要殺了你呢……」

「你殺得掉就殺啊。」百瀨秒回：

「你有種做，就做得到吧？想做就去做啊，誰也不會阻攔你。特別是這種事，沒有人有權利插手。問題是，你說了『如果』，為什麼直到現在你明明有那麼多下手的機會跟動機，卻沒有殺了我們其中任何一人，或者你殺掉我也可以啊。好吧，說什麼殺不殺的好像有點太跳躍了，換個說法好了。比如說，我們之前不是把你的頭塞進了排球裡踢？我們不是就做得到？我們不是就踢了你麼，狠狠踢了你。可是一樣的事，你就做不到。為什麼你做不到？這就是重點了。如果說我們人多勢眾，那我要說，那根本什麼屁關係都沒有。假設我們跟你說，我們絕不會報復，你現在就動手，你敢把我的頭塞進排球裡面踢嗎？」

「我……」才說了個頭，我喉嚨就卡住了，用力嚥下了一口唾液，過了一會兒後我才說——

「我才不想那麼做。」

「是吧～所以這就是問題了。」百瀨好像很開心地笑了出來。

「你為什麼不想那麼做？你是不敢那麼做吧？問題就出在這裡了。你為什麼不拿把刀子還什麼刺向我們？你要那麼做了，搞不好現在情況馬上就改觀囉。但是為什麼你就是不敢？怕被抓嗎？可是現在動手的話，又不算犯罪。」

「那跟犯罪什麼的沒關係。」我幾乎聲音都發抖了，這麼告訴他。

「我只是不想那麼做。」

「做了會有罪惡感？那麼為什麼你會有罪惡感，而我不會有罪惡感呢？你覺得哪種比較好？」百瀨笑著說：

「都一樣啦。」

我緘默。

「總之，你就是沒辦法做這種事。做不到。你別說殺人這種聽起來很刺激的話，你連真人足球都不想玩。可是我們不曉得為什麼，就是敢啊。就算還沒到殺人那地步，我們至少敢打真人足球。這個世界上，就是充滿了一堆敢做這個那個跟不敢做這個那個的人。我去的那家補習班裡啊有一個人，幾乎每天都被人命令要帶錢去上課，因為他家很有錢嘛，也有這種的。還有命令別人在大家面前自慰就覺得很爽的，也有那種人。不過我們跟那種的不太一樣，我不是在跟你說什麼好壞對錯噢，我只是說，人有分成辦得到跟辦不到的，有想做的也有不想做的，這就有點像是興趣啦，會做的就是會做，就這麼簡單而已。」

百瀨說完後，閉著嘴巴打了個呵欠：

「不過啊，這些都只是剛好啦。我們就只是剛好現在能夠這樣，你也只是剛好現在無法這樣。就只是這樣而已。半年後就不知道了。明年就更不曉得了。」

7

「怎麼樣了？」

護理師叫到我的號碼，一進診間，醫生一看見我的臉就問：

「我們沒事不能隨便叫病患來看病啊，除非很嚴重，所以你配合一下嘛～」

醫生說完笑了。我說對不起。

「不過好得差不多了。」醫生靠近我的臉這麼說，視線在我臉龐正中央畫圓一樣地小小轉了一圈。

「疼痛呢？還痛不痛？」

「幾乎不痛了。」

「因為沒斷啊。」

「是。」我說。

「有吃止痛藥嗎？」

「只吃了一次，晚上。」我答。醫生點點頭說這樣啊。

「要是斷掉的話就不只這樣囉。」

醫生把椅子轉向桌子，發出了唧唧聲，一邊在病歷表上振筆疾書，一邊背對著我說。

「我小時候啊，大概十幾歲的時候，鼻子斷掉過哦——」邊說邊轉向我，食指跟拇指捏著他自己的鼻子給我看。

「跟人家打架，鼻子完全打歪了。打的時候太激動，根本沒注意到，之後照鏡子一看簡直嚇傻了，真是！鼻子這種東西，你很少有機會看到它歪向一邊嘛，所以傻了。通常你看到它的時候，它就是直直地黏在你臉上嘛，結果咧，不得了，我去看的那個醫生又是個庸醫，以前的醫生差不多都那樣，血也還沒停就直接拿一根好像免洗筷的東西往我鼻孔裡面一插，用蠻力整回去耶。蠻力技巧唷。結果當然也沒麻醉啊。那個痛啊，我直到現在想起來還會起雞皮疙瘩，你看！雞皮疙瘩起了！每次一定起，雞皮疙瘩！」

醫生稍微拉起他白袍袖子底下的手臂給我看。我默默看著，隨便回應了他。

「之後就是跟你一樣，等待時間自然痊癒。痛了大概一整年喔。晚上睡覺的時候稍微碰到被子就痛。不過還好啦，反正那個庸醫年紀也大了，也不像我是這麼擁有美感的醫生，整得回來就萬幸了。你看，我鼻子到現在還有點歪呢。」

他一說，我仔細一看，發現他鼻子的確有點歪。可是跟其他鼻子比起來——是說其他鼻子我也了解得不多——他的鼻子還是很挺拔，山根的地方隆起，有點分量的鼻頭以一種頗有挑戰性的角度往前突出。

「噯反正就是這樣啦。」醫生說完笑了。

「所以你也要好好珍惜你的鼻子。」

「好，」我說，「畢竟只有一個。」

「是啊，只有一個啊。」醫生笑了。

接著醫生說再過一陣子就不會痛了，如果有什麼事，再去找他。

我道了聲謝，站起來正要走出診間時，醫生忽然從我背後把我叫住——「對了——」

「你的眼睛——」醫生開口。

「什麼時候開始的啊？」

我嚇一大跳，愣怔怔望著他。

「沒打算手術嗎？」

他沒理會我沒有反應，繼續說。正拉開隔間簾要讓我走出去的護理師也跟著就那麼站在門邊，與我一同看向醫生的方向。我不知道該怎麼回應，站在護理師身旁傻傻望著醫生的臉。

「不會很不方便嗎，有些人好像還會有頭痛之類的問題呢。」

我沒說話，輕輕點了點頭，閉上眼睛，接著緩緩睜開。好像真的聽見了非常輕微的耳鳴，之後是近乎無聲的靜默漫蕩開來。一回神，嘴巴裡頭好乾，真後悔剛才跟百瀨講完話以後沒喝什麼東西。

「我……」我慢慢說——

「我小時候動過一次手術……，之後又變回去了。沒有治好……所以……沒辦法。」

「幾歲的時候？」醫生問。

「五歲。」我回答。

「那你就再動一次手術就好啦。」醫生一副極其稀鬆平常的口氣。

「該不會是那時候的醫生技術很爛吧？哈哈，我也不知道啦。」醫生說完笑了起來。

「開玩笑的啦，不過這種手術有點技巧，說微妙也是很微妙，但其實是非常簡單的手術，都是叫一些大學剛畢業的菜鳥醫生開的。」

「可是我那時候還全身麻醉……」我說著，聲音聽起來一點都不像是自己的。

「因為你那時候年紀還很小吧。」醫生笑道。

「這種手術，可以開很多次嗎……？」我嚥了口口水，很慎重地問他。

「要看人，不過基本上是可以。有些人會開好幾次，直到矯正到正常的位置為止。」

「而且現在應該局部麻醉就好了，斜視手術只是稍微把眼睛的肌肉拉一下，調整一下，不花什麼時間。年輕醫生有時候容易拉得太鬆或是太緊，要拉到正中央需要一點技巧。我們眼科剛好有一位技巧非常好的專科醫師噢，你要不要跟你家長商量一下，叫他們帶你來動手術？」醫生說。

「不過前提是要有過雙眼視的經驗，也就是左右兩邊的眼睛都有過看東西的經驗。」

「我是三歲的時候才斜視的。」我小小聲說，「雖然我自己沒有印象。」

「那應該可以吧？」醫生說完抓了抓頭，聽見他抓頭的聲音，他接著說：

「之前也有個比你年紀小一點的男孩子來動手術，他說想當棒球選手。斜視的話，接不到飛球吧。」

「是啊。」我說。

「是吧～你對當棒球選手可能沒興趣，可是萬一以後又跌倒撞到鼻子就很麻煩，手術加上復健，唔，可能要跑醫院回診一段時間，不過值得一試喔。」醫生說完後換用手指嗑嗑嗑地敲了敲桌面，敲出了節奏。

「不過你要是沒興趣的話，也不能逼你啦。」

「不會啊——」我說。之後不曉得該接些什麼，護理師依然站在我身邊抓著隔間簾，看看醫師又看看我。

「而且手術也不貴。」醫生停了一兩秒後說。

「真的嗎——」我詫異地喊得比我想像的更大聲。五歲那一次開刀到底花了多少錢，我也不知道，細節當然也不清楚，此刻意識到自己眼睛會跟錢扯上關係，忽然感覺很詭異。花錢動手術的話，我的眼睛就會變正常……。這我至今為止根本想都沒想過，也無從想像。手術失敗過一次，所以我一直以為自己的眼睛永遠就這樣了，從沒有懷疑過。我的眼睛……會變成正常人的眼睛……？太驚訝了，真的太驚訝了。我的心情千頭百緒無從釐清，只能呆呆站在那裡，手放在嘴上無意識地連指甲都咬了起來。我不知道接下來該想什麼。腦中浮現百瀨的臉，想起他蒼白燈柱下濃濃的影子，想起有點暗的自己的房間，想起映照在鏡中自己的臉。那鏡子中，茫然無神的左眼好不容易才穩穩捕獲了鏡中我自己的左眼。右眼則一如往常地垂向了右眼角，就算我把手指頭靠近眼睛，也只能模模糊糊瞄見一些些薄淡的膚色而已。

「好啦，你要是有意願再來吧。」醫生笑道，「反正很便宜。」

「手術費用……」我稍微有點緊張地問，「大概要多少錢啊？」

醫生雙手環抱在胸前，閉起眼睛，看起來好像正在腦海中搜索散落在額頭內側的什麼碎片一樣，短短沉吟一下後，張開眼睛看我——

「唔，」醫生說，「大概要一萬五千圓。」

「一萬五千圓？」我重複。

*

「已經完全是秋天了耶。」

小島看著我笑說。

進入十一月之後，忽然風就變冷了。套在軟衫外頭的夾克飄散出一種淡淡的類似藥水味，夾雜著一點冬天的味道。味道總是會令人想起很多事。那種喚醒方式，總是不經過大腦，從掌心或鼻間滲入，直接復甦在情感萌醒之前。

很久沒這樣兩個人單獨碰面了，我從前一晚就有點緊張。在逃生梯等她來之前，一直惶惶不安。那種緊張，讓人想起了第一次跟她約在鯨魚公園碰面的時候。那是一個看得見正要轉成夜晚的絳青色澤從天空中緩緩降下的傍晚，感覺好像是好久好久以前的事了，其實也只不過是一兩個季節之前而已。

「不過呀，雖然一直不能這樣實際跟你講話聊天，之前我也沒關係唷。」小島說，背對著即將要逼近身旁的黃昏與城鎮，靠在扶手上，有時雙手環抱，有時手放開，很高興地這麼說。

在學校看見時已經有點覺得，實際上這麼久才碰面後，更覺得她消瘦很多。原本就不胖，跟現在一比，之前都堪稱豐滿了。露在衣服外的手腳與下巴完全瘦了下去，感覺都變了個人，制服看起來也完全大一號。氣色跟神情看起來有點累，不過那兩道下垂般的眉毛底下，兩顆眼睛炯炯有神，跟小島身體給人的感受截然不同，亮晶晶地，比以前更加利落神氣了。她有時候伸手去抓抓繞繞那放任不管的頭髮，長了好多，髮尾奔放，簡直就像硬掉的掃把毛，還夾雜著幾根線頭。雖然我每次都忍不住在意，但心想人就在身邊跟從遠處看還真不一樣。我在階梯上坐了下來，稍微抬起頭來望著她。

「你的信，我重看了好多次耶。不過光是那樣，已經能讓我打起精神了。

噯，我給你的信呢，你看了嗎？」

我說我看了，小島臉上浮現出滿足神采，嗯地點了點頭。我沒提起我一直沒寫回信的事，小島也沒說什麼。

「不過啊，就算不能碰面聊天，我差不多還是能懂你的心情哦。」小島稍微害臊地笑了一下，我不知該怎麼回應，頓了一下才問，妳瘦啦？

「嗯。」小島聲音清亮地答，說她最近不太吃飯。

「吃不下嗎？」我問。

「不是啦，是我也把這當成印記的一種。」小島說明。

「印記？」

「對啊。」小島稍微揚起一抹微笑，對我說。

「不過妳不吃飯的話——」我說。

「我吃啊，」小島回，「只是幾乎盡量不吃。」

小島瞇起眼睛看我。

「在不讓自己變得好看這件事之外，我又加上了不吃東西這件事了。」她這麼解釋。

「是因為那個印記嗎？」我問。

「是啊，印記。」

「印記就是那個……妳爸爸的印記嗎？」

「對啊。」小島回，笑了：

「不過印記的意義開始有點轉變。」

「怎麼說？」

「一開始，那些印記只是單純因為我不想忘了我爸。我骯髒的運動鞋，就是我爸骯髒的運動鞋；我不洗澡讓自己的皮膚變髒變臭，因為我爸在遠方，皮膚正是髒髒臭臭的。可是現在已經不只是這樣了。這些印記已經不單是為了那些而留下，這個意思是啊，我已經知道存在於我爸跟我之間的，不只有回憶而已。」小島說。

「是……很美很美的軟弱。我跟你，現在我們各自在各自的地方保護著的執意守護著的，就是這種很美很美的軟弱。」

她像是把一個字、一個字慢慢按在我手掌心似的很慢很慢地說。小島看起來，彷彿是一幅黏貼在逐漸昏暗下去的微暗背景之中的畫。

「而且啊……那種軟弱，是我們只能這樣做，也是為了其他同學好必須要存在的。那些人只是自己沒有注意到罷了，但那也沒辦法。可是你跟我，我們都理解這種軟弱的意義，我們懂。而且就像這樣，這種軟弱，我們接受了這種做法，活在這世界上，就是這世上最、最重要的強韌了。這不只是……為了那些同學、為了我們自己，或是為了我爸，是為了這世界上所有弱小的、為了真正意義上的強大所必要的一種儀式。為了不要忘記那些就算被虐待、被欺負也要努力活著、知道這麼做很重要的人。所以我才不吃飯，不吃，就是我的一種印記，我這麼做的一種手段。」

小島站在我正對面直直凝視著我說。

「你就是最理解我的人了，不是麼。而且你也稍微瘦了一點噢，你也沒怎麼吃飯吧。我就知道你絕對能夠理解我的想法。」

「我……」我才剛說出一個字便頓住了，小島望著我笑，以一種彷彿要告訴我不必介意似的笑容。一陣風筆直吹來，慢了一拍後，聞到了小島身上的味道。之前從不曾在小島身邊聞到這麼濃烈的味道。一種已經好幾天、好幾天都沒有洗澡的味道。我低下頭，盯著自己的鞋尖。

「我爸還有那些不知道正在哪裡也因為堅持這種軟弱的強大而受苦的人，對我來說當然很重要，可是在我心中，最重視的人是你噢。」小島笑吟吟對著我說。

「而且你鼻子看起來差不多好了噢。」

「嗯。」

「看起來已經跟之前一樣了耶！」小島又說。

「一開始很……嚴重。」

「是啊。」我回。

「要是斷掉的話，骨頭會跑出來嗎？」小島問。

「聽說會倒一邊。」

「鼻子會倒下來？」

「對啊。」

「反正你鼻子這麼挺，倒下來應該也沒關係啦。像我鼻梁這麼矮，倒下來不知道會怎麼樣噢？」小島說完笑了起來，「大概一看就是倒塌了吧？」

「還是會好好倒下來啦。」我說。

結果我就那樣在小島面前雖然帶點生疏，但也聊起了自己去看醫生的事。我說我好久沒去過醫院了。幫我看病的是個人很好的醫生。那醫生在十幾歲的時候曾經鼻子斷掉過。那時候他碰到的治療方式超離譜。慢慢地聊了一些。不過我沒提起在醫院意外遇到百瀨的事，也沒說我後來還跟他講了話。就算想說，也不曉得該怎麼說，而且我也不覺得跟小島提起這件事是妥當的。

每次一個人在家或在學校想起百瀨講的話，順著思考下去，我有時候真心覺得他講的那些根本亂七八糟莫名其妙，但有時候，我怎麼想都覺得他講的才是對的。我就那樣在左右兩端之間擺盪，開始不曉得到底該怎麼思考才好了，怎麼想才正確？或許我的想法根本有什麼基本上的致命缺陷，這樣我再如何思考，一開始就建立在錯誤的基礎上，我怎麼會不導向錯誤的結論呢？我就被這樣無以名狀的恐懼襲擊。

不過我也覺得百瀨那天晚上講的話，有些是我即使想掩飾也無法掩飾的，有些是支撐著我這個人的正確性的小碎片也無法企及的。而百瀨就像那天晚上坐在長椅上般，坐在那灰暗而感覺摸起來粗粗糙糙的闃靜之處，靜靜笑著看我。

然後我想起了小島。

小島不停跟我說，所有發生的一切都存有意義。小島在每次碰面時候都激勵我，一起加油、一起度過吧，她帶給我勇氣。小島寫信給我，從沒有人那樣子找我聊天，不管見不見面，小島永遠努力想要把我拉到一個更朝向光的地方。而且就在我不太知道該怎麼跟她講話了之後，她依然寫了一封又一封的信給我。然後小島還是願意告訴我，她喜歡我的眼睛。我人生中，從來沒有人願意那樣對我說，小島是唯一願意那樣說我眼睛的人。

可是自從發生體育館事件之後，我就沒辦法直視小島了。小島愈是激勵我、愈是在她每次被欺侮時展現出一種難以解釋的力量般的存在，我就愈來愈無法直視她。這到底是為什麼，我真的不知道。一想到天氣還很熱的時候，小島每次那有點徬徨無助聊天的樣子、看起來很困擾的笑容，不曉得帶給我多少的寬慰，一想到就覺得難受。可是小島正逐漸蛻變中。我愈來愈能從一段距離之外感受到她正在蛻變，我就愈感到自己的身體愈來愈僵直。小島自身所發展出來的那份轉變，感覺好像在小島帶給我的那片小卻充滿了明亮的空間中罩下一大片烏雲，而且我感覺，自己不知什麼時候，已經被逐出了那片空間。

於是我在好長一段時間沒寫信給她之後，寫了一封短信，告訴小島我有事想跟她聊聊。

「噯，你有沒有在聽哪～」

小島覷著我的臉問。

「有啊——」

她一臉認真地提起我去看病的那家醫院的事。除了我們兩個以外，旁邊沒有半個人，但是她忽然壓低音量。偶爾吹來了幾道強風，聽不見她的聲音，於是小島湊近我的臉，聞到了一些味道——唾液的味道、汗水的味道、酸臭味。你知道為什麼那家醫院那麼大卻沒有婦產科嗎？不知道——我說。小島馬上笑著裝出了一臉惱怒，你根本連想都還沒想就說你不知道！接著她告訴我，聽說大約十年前那家醫院發生的一起事件。我嗯嗯地點點頭，看著小島說話。

雖然她瘦了，給人的印象都變了，但是一講起話來那副興高采烈的模樣還是那麼生動。我看著活潑靈動的小島，心底湧上了一股無以言喻的落寞與眷念。

「噯，小島——」我等她說到一個段落喊她。

「我寫信給妳，是因為有事想跟妳說。」我說。

「我知道啊。」小島回。

「我就很開心嘛，能這樣碰面。」

我忽然忍不住好想哭。小島張著一對不明所以的眼睛看著我，接著用那張換了輪廓似的臉龐溫柔對著我笑了。我咬緊牙，試圖平復心情，靜靜開口。

「唔……，可是我還是有事想說耶。」

「我在聽啊。」小島說。

「是我的眼睛。」

小島笑著的眼神與嘴角，忽然表情像掉落下來一樣地消失了。接著，她一臉好像瞧著什麼稀奇的東西一樣瞅著我，嗯哼嗯哼了好幾聲，還配合著微微點頭。下意識般點頭。

我開始跟她講起了我的眼睛。

如果動手術，可能可以治好我的斜視。小島靜靜聽我講。我講完了以後，她依然什麼也沒說。空氣恰巧冷涼了起來，似乎開始下起了細雨。我感覺臉上有些隨風吹來的看不見的雨絲打了上來。我聳起肩膀，手插進了口袋。站著的小島也把她的雙手插進外套口袋中。

「會淋溼喔，妳到這邊來吧。」我說，小島沒有理會。

「所以呢，」小島輕聲問，又靜了下來。我也沒說什麼，靜靜等著她講下去。

「你⋯⋯要動手術嗎？」沉默了半晌後，小島輕聲開口問，口氣輕得像在問她自己一樣。

「還不知道。」

「不知道為什麼要跟我說啊？」小島問我。

「你是在找我商量嗎？」

「不是啦。」我說。

「也不是商量，只是想跟妳說我知道有這個可能性。」

「為何？」小島聲音低沉地問。

「你為什麼要跟我講這個？」

「因為——」我說，接著便不曉得該說什麼了。我舔了又舔嘴唇，試圖平靜心思，接著緩緩對小島說——

「因為妳說過妳喜歡我的眼睛啊。」

接著我們又老半天沒講什麼。

「所以你才要動手術嗎？」小島沒抬頭也沒看著我問。

「你——」

我等她說，沒說什麼。

「你真的什麼也不懂耶。」

「我……可能什麼也不懂。」

「不是可能，是真的不懂。」

小島說完後瞅著我的臉：

「你那對眼睛，是你最最重要的資產。是沒有任何人有，且形塑出了你這個人最重要的存在。我因為自己什麼都沒有，所以才只好這樣去製造屬於我自己的印記，可是你呢，你一生出來就有了。也是因為你有，我們才會像這樣子相遇，對嗎？你為什麼要把它消除呢？你為什麼說得出這種話呢？難道對你來說，我們認識的這件事，就真的那麼不重要嗎？」

「不是啊，當然很重要啊，我到現在還是覺得很重要啊！」我說：「我不是說我要去動手術了，我只是想告訴妳，我知道我這斜視可能治得好，我剛才也這麼跟妳講了呀。」

「你騙人！」小島反駁。「你根本就開心得不得了吧？你知道了以後，開心得不得了不是嗎？其實你恨不得趕緊把你的眼睛治好，趕緊逃吧？」

「逃？」我問。

「從什麼東西逃跑？」

「全部所有一切！」小島說。

「在學校裡發生的事、現在的事、你自己，全部！」

小島揉著眼睛繼續說。

「然後你也想從我身邊逃開不是嗎？」小島輕聲這麼說。

「小島，妳別哭啊——」

「沒有那回事！」我搖頭：

「我就已經說了，沒有那回事，不是這樣的！」

「不要再說了。」小島拋出這麼一句後直直瞅著我，流過她臉頰的幾道淚痕閃著光芒。

「可是我不會放棄的。」小島說，滾滿了淚珠的眼眶閃著白光，隨著她的呼吸快要掉了下來。

「我不會放棄的。」

「小島——」

「我沒辦法放棄啊——」小島說完後雙眼撲撲落下淚水：

「你要是想把你的眼睛治好你就去吧，你就屈從那些人吧。把一直被攻擊的你那個眼睛治好，你應該就不會被欺負得那麼慘了吧。你要是要選擇這條路，我也沒什麼話說，我也不能夠怎樣。」

「我把眼睛治好，就等於屈從二宮他們嗎？」我問。

「是啊。」小島回。

「這已經不只是你跟我的問題而已了。」

我沒吭聲，望著小島的臉。

「就算我們兩個現在在這邊發生什麼事死了還怎樣，以後都不會再被欺負了，可是這些事情是永遠不會消失的，不管在哪裡、不管什麼時候，弱者永遠就是會被欺負，沒辦法。那種人不會消失的。所以呢？就要站到強者的那一邊，讓自己不再屬於柔弱的一方嗎？是這樣嗎？不對吧？這些都是試煉！重要的是要去克服與超越！我不是每次都這麼跟你說嗎？我們——」

「小島，妳冷靜一點……」

我一說，小島停了下來，發出吸鼻子的聲音。小島雙眼一直嘩呀嘩地流出令人難以置信的大量淚水。我們兩人就這樣沉默了好一會兒，誰也沒說話。遠方不知何處傳來了救護車的警笛聲，以及微弱的孩子哭泣聲。我跟小島就那麼一直站在原地沒說話，不曉得過了幾分鐘。

「我一直以為——」半晌後小島輕聲說：

「你是我的同伴。」

「我們是啊。」我說。

「可惜是誤會。」

「不是誤會啊！」

小島聽我那麼說後緩緩搖搖頭。

「小島……」

「你一定……會去把眼睛治好的……」小島依然哭泣著，話聲裡頭夾雜著嗚咽聲。

「小島……」

「你不要再叫我的名字了。」

她有氣無力地這麼說完後，用力閉上眼睛，肩膀不斷顫抖著無聲地哭。我從沒看人哭成這樣，表情這麼痛苦。小島咬緊了牙，雙手在她大腿上緊握，全身緊繃地一直哭個沒停，有時不小心發出幾聲嗚咽，鼻涕伴著淚水，啪嗒啪嗒地從小島的臉上筆直滑落。我什麼法子都沒有，只能看她一直那樣，連喊她一下都沒辦法，也不敢動。

小島依然哭個沒停，我依然不知道如何是好，只能看著小島一直無聲啜泣。過了好一會兒後，小島的肩膀終於不再顫抖了，我以為她哭完了，沒想到又突然開始啜泣了起來。我心情很不好受，很想走到她旁邊去，但是我不敢。小島全身緊繃，把自己縮成小小一個，她全身上下都在告訴我，不想要我靠近她。我只能茫然地一直望著她。又過了老半晌，小島終於開口了，小小聲的，幾乎聽不見的聲音：

「夏天時……」

「夏天時？」我重複一次，怕錯過。

「我跟你說了我媽的事吧？」

「是啊。」我點頭。

「我問她當初為什麼會跟我爸結婚。」

「嗯。」

「她說……因為她覺得我爸全部都很可憐……」

「嗯。」

「我爸，徹頭徹底地可憐。」

「嗯。」

「我媽覺得我爸什麼都很可憐，整個人都很可憐。」

「嗯。」我不停點頭。

「我會沒辦法原諒我媽……」

小島抬起頭來看我。

她微髒的臉上流淌著乾掉的淚痕，眼白充血赤紅，下眼瞼哭得很腫，只有那裡看起來比臉上其他地方要白。小島一直瞅著我，髮絲黏成了細條沾在臉上，但小島並沒伸手撥掉。

「不是因為她拋棄了我爸，也不是因為她投入新戀人懷抱、把過去一切當成從來沒發生過。」

我靜靜點頭。

「而是——」

我又點頭。

「她沒有一直到最後都覺得我爸很可憐。」

說完這句後，小島就走下樓梯了。

沒有任何猶疑，一瞬間消失。我豈止無法挽留，連開口都不敢開口。我聽見了小島踏著階梯下樓離去的聲音，又過了一會兒，連那聲音也沒了，代之響起的是嘩啦啦的雨聲，像是跟小島的腳步聲接替似地。被留在原地的我，只能呆呆站在那邊。不知何時，霧一般的雨已然大了，雨聲像是要花時間把世界所有萬物都給淋溼，也像是從昏茫天空、街道不曉得哪個深深的底端盡頭所傳來的，未知的生物低鳴。

8

週末時，我媽割到手腕了。

說是在洗碗時手邊突然一陣忙亂，菜刀從上頭掉下來。我那時候人在房裡看書，忽然聽見聲音，跑到廚房裡一看，看見她右手死命掐住高舉的左手肘附近，對著我笑。

「噯，血好像一直流個不停耶，還是叫救護車好了。」

我看見血沿著我媽手腕流向腋下，捲起的軟衫袖子到胸口一帶全都被染得血紅，趕緊打電話。

「真的很會流耶。」我媽半開玩笑地這麼說，我聽了有點生氣，問她有沒有什麼事是我現在可以馬上做的，接著跟她一起用毛巾從手腕的上肘根部綁牢，之後我一直走來走去動個不停，我媽笑著要我鎮定一點。我們在等待救護車來的時候，我察覺到自己膝頭一直微微發抖。

「應該馬上就來了啦。傷口看起來也……哎我也不知道，感覺還滿深的。這種時候，叫救護車應該沒關係吧，反正今天醫院也沒開。」

「妳為什麼還在笑啊？」我問。

「我很怕的時候就會笑啊——」

「妳很怕嗎？」

「當然怕——，流這麼多血。當然怕啊，正常人都會怕吧，雖然不會痛。而且呀，你覺得這血一直這樣流下去的話會怎麼樣？」

「會……死吧？」我頓了一秒才說。

「沒錯。」我媽點點頭。

聽見救護車的警笛聲沒多久，電鈴響起，兩位男士進來看了傷口後做了緊急處置，把我媽帶走。我也想跟著去，但是我媽要我在家裡等，我聽她的話。她說我也不用跟下樓，她快去快回，縫一下就回來了。說完關上了玄關門。我稍一猶豫，趕緊打開門追問不用通知我爸嗎？我媽回頭擺了擺右手，說完全不必。

我在沙發上發了半天呆，但馬上站起來走去洗臉臺那裡拿了抹布跟水，將廚房地板上的血清掉。完全沒花多少時間，血比我想像中少，一下子就清乾淨了，好像大部分流出來的血都沾在我媽的衣服上。情緒還沒緩和下來，也沒有心情繼續看剛才看到一半的書。什麼也沒做，就那麼淨坐在沙發上發愣。

下午四點剛過，我媽回來了。

她把手臂上纏著的白色繃帶給我看，「傷口還滿深的。」

「縫了嗎？」

「縫啦，他們說縫了五針。」說完後，伸出手指在繃帶上摸了摸。

晚餐由我負責。我以前做過自己的晚餐，但是沒做過別人的晚餐。我媽說那不如叫外送吧，不過最後我們還是吃了家裡的東西。說煮晚餐，其實我也只煮了白飯、做了味噌湯，把冰箱裡的食材拿出來依照我媽指示切一切炒一炒，再把冷凍庫裡幾樣現成的備菜放進微波爐裡面解凍擺上桌，總之，看起來還算像樣的晚餐了。

「時間還早，不過我們今天早點吃吧？」我媽說，打開了電視，像平常一樣看著電視配飯，我也靜靜看著電視配飯。

「還好是左手，真是的。」

「是啊。」我說。

「剛突然那麼激動，現在真的好累。」我媽說完後，用力嘆了一口氣。

「真的很討厭這樣耶，我最討厭這種情況了。這種突如其來的，太討人厭了。」

「唔。」

「這種時候心情不是都會很激動嗎？就算很想鎮靜下來也很難。就是躁動得不得了嘛，我真不習慣這樣。」

「妳想成為一個鎮定自若的人嗎？」我問。

「可能吧。」我媽回答：

「我也不曉得，可是這種情況感覺很暴力。自己內在忽然衝上來的情緒，全都讓人覺得很暴力。不然其他事情，我倒是都不太在意。」

我默默繼續吃著白飯跟炒高麗菜那些。不曉得是不是因為之前沒吃什麼，感覺還能再繼續多吃一點。我們像平常那樣吃完了飯，平時我們會各自把自己的碗拿去流理臺放，但今天我負責將桌上的空碗盤疊起來全部拿過去。平時我媽會在晚餐後喝杯熱茶，所以我雖然沒有想喝茶，但還是煮了開水，泡茶拿過去給她。謝謝，我媽說。

「我只是說說噢——」一會兒後，我媽一邊喝茶，一邊這麼開了口：

「我要是跟你爸離婚的話，你覺得呢？」

「你們要離婚嗎？」

「還沒決定啦。」

我沒說什麼，靜默了半天。我爸依然不回家，而且我對這也完全無感。我記得他剛開始不回家的時候，偶爾碰面了還會跟我解釋說他很忙之類，但那感覺已經是很遙遠的從前了，久遠得不復記憶。對了，我想起以前我爸只要一聽我講話時用「從前」這兩個字就會很不悅，罵我說又不是活了多久，講什麼從前啊之類的。

「還沒決定啦。」我媽過了半晌，又再聲明一次：

「問小孩子爸媽要離婚有什麼想法，這也太奇怪了噢？我只是想，有可能會變成那樣，老實說。」

「唔。」我也說。

我們兩人默默無語看著電視。盯著電視上吵鬧的畫面，我心想，要是他們兩個離婚，我大概會跟著我爸吧？雖然我根本無法想像我們兩個人生活會是什麼樣子，但是依照一般情況來講，可能會變成那樣。即便我根本不知道那個人腦袋裡在想什麼，也幾乎沒怎麼碰面，但血緣這種關係就是這樣吧。我媽用手掌撐著臉，什麼也沒說地看著電視。電視上有個人被吊車頭下腳上地倒吊著，頭髮上沾了墨汁，把頭當成毛筆一樣寫字。

「可能不應該現在提的，真抱歉噢。剛真的情緒太波動了吧。」我媽說完笑了：「啊——好討厭噢，太討厭了，抱歉噢。」

「不會啦。」我說。

接著雖然原本沒打算提起的，但我開始講起我眼睛的事。我跟我媽說，如果動手術的話可能可以治好。我媽聽完後沒說什麼，過了半晌問我，你想怎麼做呢？我說我還不知道。

我媽雙手捧著茶杯，像包覆在雙手中一樣轉呀轉地。我站起來，去流理臺那裡給自己也泡了一杯茶回來椅子上坐下。

「想怎麼做……現在先不決定好像也沒關係。總之你先知道有這個選項，到時候想做就可以去做，這樣應該就可以了吧。」我媽說。

「這事情既然很重要，你慢慢考慮就好了。」

我說是啊，恍神地凝視著茶杯上的蒸霧，等茶涼至可喝的溫度。

小島後來就沒聯絡了。

沒信，在學校裡當然也沒有交談。連眼睛對上的時候都沒有。我有時候會看向小島的方向，但小島似乎不會看我。我時常想起關於她的事。早上到了教室後，其他同學還沒來的這段時間，我會把手靜靜放進什麼都沒有的空抽屜裡頭。以前小島都會把信貼在這裡的。一想起這個，心又痛了起來。我又想起唯一一次打到家裡來的那通電話。那時候是夏天，我心想。現在是秋天了。

學校裡面忙嘈嘈地準備著校慶跟運動會的事，每天都吵吵鬧鬧的。感覺就像從一個跟我沒有任何關係的地方傳來的各種我也不想扯上關係的聲響。每天還是過得一樣，被人使喚、被揍、被笑。沒有半個人看起來膩了，好像一切只是自然得不得了地不斷重複又重複，無限循環。

百瀨一切如常。我本來以為那之後可能會有什麼新懲罰出現，但是沒有。大家似乎都不知道我們曾經交談過，或者說，百瀨他自己根本就已經忘了，一副毫無印象、從一開始就沒發生過似的態度。那態度未免太過自然。

猶豫了好幾次後，我還是寫了信給小島。

我在信上寫著想跟她見面聊天。我的眼睛的事沒有好好跟她說明，造成她的誤解了。我知道我的眼睛對小島有很不一樣的意義，所以我才想第一個告訴她。只是我應該更仔細說明的，我很後悔，我一點都不想傷害她。

但是小島還是沒有回信。

我又寫了一次。寫信這種事，沒有人回還一直寫，實在是很恐怖的事。明天傍晚五點，我在逃生梯那邊等妳。妳要是方便的話，就來碰個面吧。我在那邊等妳。我一大清早就去把那封信黏在了小島的抽屜裡，一整天都很在意她的反應。

隔天下午五點，我在那裡等了兩個鐘頭，小島並沒有來。

只能在教室裡頭看見的小島，愈來愈消瘦了。誰一眼都看得出。我想她大概什麼都不吃吧。同學們也拿這件事來取笑她，講一些讓人聽到就會覺得很丟臉的話來羞辱她，而且他們看起來好像真的覺得這麼做很愉快似地笑得樂不可支。

我又繼續寫。不聊我眼睛的事，聊點其他事情也可以啊，我很想跟妳聊天。而且妳還沒帶我去看那幅名叫《Heaven》的畫耶，我時常想起那一天的事。

我像我們兩人還在交換信件時的春天一樣，在信上寫了些正在思考的事、忽然想到的事、看過的書跟我想小島看了應該會心情開朗一點的事。我一次又一次地寫信給她，一次又一次，沒有回音。

有一次午休時，小島被踹飛得跌到了我身邊來。她整個人跟著幾把椅子、桌子倒在了地上，伴隨著木頭與金屬相撞的聲響。

看著她狼狽樣，聲音笑得高了八度的女同學們的笑聲，小島整個人趴在地上不動了半天。我感覺全身都好緊繃，連伸手去拉她也沒辦法。「站起來啦！」一個女同學拿起掃把柄，戳向小島的外套領口要她起來。小島身上飄出了髒汙的味道。無力垂著頭想要站起來，臉龐被粗硬的頭髮蓋住了。我還是坐在自己的座位上，看著她。她站起來時，我從她髮絲之間瞥見了她的臉。已經好久好久沒有看到小島的臉了。我帶著祈求的心情，不敢呼吸，一直看著她。小島的臉頰凹陷，嘴邊一圈黑，嘴唇泛白脫皮。她站了起來，被其他女生拖走的那短短一瞬間往我這邊看了一眼，但是那眼神，是我所從來沒看過的小島眼神。小島——我不經意喊出了她的名字，但是小島沒有反應。她那好像什麼也沒看進眼底一樣的眼神，朝著不曉得什麼東西，露出了明顯的微笑。

*

收到小島的信，是在星期三。

我看見小島那副微笑後，就一直無法提筆寫信給她，但是收到信後就是單純覺得好開心，我捧著那封簡短的信讀了又讀。

信上用明快的字跡清楚寫著，禮拜六下午三點，我在鯨魚公園等你。我們第一次見面的，鯨魚公園。

我到現在還能清楚回想起那個春日傍晚的味道。坐下時輪胎的硬度，鯨魚皸裂的混凝土觸感跟黑溼溼的泥土味道都能一下子就躍上腦海。我看見小島變得那麼強勁的字跡，不禁想起第一次收到的紙條上，那些字有多麼細弱，突然感到懷念不已，也湧起了幾分落寞。我每次升起這種心情，都會把小島的信攤開來放在桌上，重新讀起。那上頭，寫了好多好多的事啊。我讀了一次又一次，再小心翼翼把每一封信折好，收回字典盒。

星期六早上，我爸罕見地回來了。他放假。那天一走進廚房，就看見他坐在沙發上看電視。他也注意到了我，只說了聲噢，就又回過頭去看他的電視了。他手拿著遙控器不停轉臺，每一轉臺，音量大小跟類型都跟著換了一個。

接著我們三人一起吃了早餐，誰也沒說話，只是靜靜吃著我媽做的早飯。我媽的繃帶潔白無瑕，不知為何感覺好像假的。但是我知道，那繃帶底下是真的帶傷，我也看見那裡流出了許多血。只有電視一直不停不停講話，像是要幫我們三個人把原本身為家人應該要講的話給講完一樣。每次這種時候，我心頭上想的只有一件事。

我爸在看報。看不見他的臉。他把報紙又折又翻，一直聽見了那聲音。我的胸口愈來愈悶，開始湧起想嘔吐的感覺。我有股衝動，想要一把搶過他的報紙把報紙整個撕得粉碎。我用力咬下嘴裡面的食物，拚命忍住嘔吐感，在腦海裡專心想他那份報紙。要是我真的那麼做了，我爸會怎麼樣呢？應該會毫不猶豫地一拳過來吧。可是我才不在乎呢。我繼續想像自己把那份報紙撕掉又撕掉、裂開又裂開，直到無法再撕碎為止。接著幻想夠了，我把自己碗裡的剩菜全部塞進嘴巴裡，然後站起來。我爸把臉從報紙前移開，看了一眼我吃完的碗盤。我說我吃飽了，便回去自己房間。

在房裡做著數學習題，做膩了就開始看讀到一半的書，讀煩了又回去做習題。我爸突然在家，還有今天又能在隔了好久之後與小島見面，兩件事情都教我心情有點騷動。

就這麼心浮氣躁地過了一上午，下午聽見了我爸出門的聲音。沒半晌，走出房間去上廁所，發現我媽也正要出門。我們剛剛才吃過飯，她好像還是很操心地問我說今天晚上大概七點才能吃飯，沒問題嗎？我說沒問題呀，轉頭就回房間。隨即聽見我媽走出玄關、鎖上大門的聲音，我立刻迫不及待把陰莖掏出來開始自慰了起來。我忍不到床上了，直接站在門後就動手。這是我第一次這麼猴急。陰莖掐得比平時更緊，我開始想像一些柔情蜜意的表情還有一些模糊影像，等到達了某個高潮時就射精了。因為來不及準備面紙，我直接用左手接住精液。射出了幾乎快要從指縫間流出去的那麼多精液後，心情感覺稍微平靜了下來，我去洗手，回去房裡躺在床上繼續看我看到一半的書時，陰莖又硬了起來。我試著不管它繼續躺在床上，但愈來愈難受，脈搏隨著勃起程度還愈跳愈快，甚至開始有點痛。我感覺心裡面的各種能量不管是憤懣、不安或甚至期待，好像都全奔流到我的陰莖。我只能再次捏住已經脹大、硬到極限的陰莖，在心底想起小島。

這對我來說，是破天荒的。

我從沒在自慰時想起過小島的事。不是我想要卻無法辦到，而是我完全不想那麼做、不願意那麼做而已。自慰與小島。我覺得這簡直是風馬牛不相干的兩件事。

可是這時候，不曉得為什麼，我卻處在一種連自己也無法說明的無可抵擋的波流中，就只有這時候，不知為何揮不開腦中浮現的小島身影。非常突然，卻又很自然地，小島就出現在我的腦海中了，對著我笑。我們坐在美術館長椅上，我坐在她身旁，靠近了她的臉，吸吮起她的唇。接著，我想像自己舔掉了她臉上全部汗水，那是一種未曾有過的感受。然後，我幻想自己脫掉了她的制服，讓她裸出身軀，帶著她泡進了浴缸。我仔仔細細洗淨她的頭髮，用肥皂洗清她身上的汙垢，掌心揉搓她膚色變得清美的胸膛，打開了她的腿，進入了她體內，一邊搓揉著陰莖。我舔遍了她身上所有可以舔遍的地方，重新再回到她的唇上。接著，她的臉忽然變成了有一次我在教室裡頭看見的那個女生的臉。那個女生沒看我。

齊齊剪成了一條線的瀏海底下，一對大眼睛望著不曉得什麼方向。我繼續動手，想像自己進入了她體內，馬上就射了。隨著精液射出的節奏，小島的臉龐又回到了腦中。在射精快感逐漸平淡下來的餘韻中，小島用一副柔和又有點困擾的表情望著我。那是我所深深喜歡的小島。接著等最後一滴精液射完之後，方才還那麼開朗溫柔的小島，臉上表情忽然愈趨冷淡，像是剝離掉了所有表情一樣淡漠至極的眼神。她的雙頰凹陷，向我望來，接著說，我們不是同伴嗎？然後笑了。說我喜歡你的眼睛噢，又笑了。那是我最後一次看到她時的那種微笑。我撐起了上半身，靠在牆壁上老半天不動。沒有任何聲響，安靜的星期六午後。我把胸中那一片沉鬱一口氣吐了出來，又倒回了床上，感覺自己真是一個悲慘、骯髒的人哪，我到底在幹麼啊我。仰躺著的胸口感覺沉悶，後背好像一直有個黑壓壓的洞口空在那裡一樣。我閉上眼睛，靜靜等著一切過去。電話響起，我聽見了，但是沒辦法動。精液也沒擦，回過神來時已經睡著了。

奔跑！紅燈一直不轉綠，我等不及想趁沒車趕緊穿越馬路卻差點被車子撞。一個男人搖下車窗朝著我吼，我好像這時候才意識到自己正在奔跑。但是那怒吼聲，聽起來也好像是從什麼與我此刻所在無關的什麼地方傳來的，是與我無關的聲音。

天空非常清亮。萬里無雲，卻聽見了混在風聲裡的雷響。抵達鯨魚公園時，小島已經在那裡了。我一看見她，便停下腳步，彎下腰喘氣調勻呼息。汗流浹背，胸口也疼了起來，卻有種好像人並沒有從房裡移動到這兒來的恍惚感受，身體也沒有一路衝過來的感覺。不過我站在鯨魚公園的外圍，的確看見小島穿著制服正坐在輪胎上的身影。我一邊繼續大口喘氣，一邊懷疑今天放假，為什麼小島還穿制服，慢慢往她走去。眼前一切，似乎變得比平時更加平面了，我不知道自己要抬起幾次腳，才能走到小島的面前，我感覺好像只是一直原地踏步一樣。就這麼重複不知道抬起了多少次腳步之後，我終於站到了小島的面前。小島——我叫她，慢了半晌後，她才忽然好像猛然醒覺一樣看向我。嘴巴依然緊閉著看著我，緩緩眨了好幾次眼。那眨眼的速度是如此悠緩，緩得好像每一次眨眼都聽得見聲音似的。接著她的目光又落回了地面。我一邊擔心自己的喘氣聲還沒壓下來，一邊在她身旁坐下，跟她說，妳讀了我的信了？

小島沒說話。

「誤會，之前，是誤會。」

我一邊喘氣一邊這麼說。小島眼睛還是看著地上，一點也沒打算要理我。我人在她身旁，卻覺得自己的身體好像還在我房裡睡覺。動了動手指，的確會動，但感覺好像有什麼關鍵性缺損一樣。我不斷地用力眨了好幾次眼睛，想讓腦子清醒一點，但是鈍鈍的，好像有什麼棉絮一樣的東西塞滿了我腦袋裡頭每一個縫隙。我無法正確地掌握外在的東西與自己之間的距離，甚至連那之間是否存在著距離，我也不確定了。我在心底想，好像在看著夢中的自己一樣噢。好像我自己，就變成了我的眼睛一樣的感覺。

就那麼在小島身邊坐了半天，什麼也沒說地愣愣望著她的膝頭，接著伸出了手，去碰了碰那膝蓋上打了褶的裙褶邊角。因為我想知道，眼睛看得見的到底是不是真的摸得到。模模糊糊的指尖，的確碰到小島的裙角了。接著我往上去摸放在上面一點的小島的手。指尖的確摸到了看起來就擺在那邊的膚色的小島的手了。不冷不熱，不過的的確確是真實存在的小島的手。我的手碰到了她的，但是小島不為所動。我掌心貼在小島的手上，靜靜地什麼也沒說，接著盯著小島髒兮兮的運動鞋。

忽然間感覺到了別人的氣息，抬頭起來，居然看到了百瀨的臉。

在他身旁的，是二宮的臉，然後還有幾張我認得的他們那群人的臉。我看見他們咿嘻嘻的望著我們笑，腦海中霍然想起那個體育館裡的味道。我還看見了三張認識的班上女生的臉龐，夾雜在裡頭。我丈二金剛摸不著頭緒，只是靜靜盯著那邊的每一張臉。七張，共有七張臉。可是不管再怎麼看，我還是想不出來，為什麼他們會在這裡？為什麼他們會出現在我跟小島所在的地方？

「快幹啦。」那群人裡其中一個嬉笑著這麼說，一腳往我膝蓋踹來，我的牛仔褲上沾上了泥土，聽見一個女生高聲笑著。我用左眼一直看著自己被踢的地方，然後伸出了左手，指尖摸了摸那泥土，是真的泥土。我現在真的被踢了，有人用腳踢了我的腳。我試著在腦袋裡這麼告訴自己，沒有什麼具體痛覺。接著，聽見了曖昧的笑聲，聽見了好幾聲叫我快做的聲音，小島依然低著頭看著地上。

「好髒耶，這裡。」二宮朝我說：

「你們每次都在這裡辦事啊——」

二宮的發言引來了幾個女生嘻笑，又有人踢了踢我的膝蓋。這一次是真的有感覺了。

「在那裡面啊，還是那裡？」

「好髒噢——！」一個女同學說，又引起了幾個人發笑。百瀨跟二宮一樣，雙手環抱在胸前，站在稍遠處。

「你們的事，我們都知道噢～」一個人說。

「你們以為都沒人知啊？」
我完全聽不懂他們到底在講什麼。
「喂——！」二宮蹲下來，邊對我說。
眼前的二宮，那張臉的氣息雖然全變了，但卻是我所熟知的那張臉。我們還幼小時，這張臉的那張嘴巴也曾經懷著好意地喊過我的名字，我在心底想。
「我還沒看過真人實況的，所以你們好好幹哪。」
「幹什麼？」我問，聲音小得連自己都快聽不見，但確確實實傳到了二宮耳中。
「幹炮啦——！」
周圍傳出一陣清晰響亮的爆笑。
我體內似乎呼吸暫停了，出現了一段空白。我在腦中重複了一次他剛才所說的話。幹炮，他說。規律跳動的心臟忽然怦怦地劇烈加速了起來，肩膀緊繃，我想起剛來這裡之前射精的事，耳內清楚聽見了自己吞嚥口水的聲音。舌乾口燥，滑過乾燥舌頭表面的呼吸似乎一陣滾燙。為什麼他們現在跟我講這種話？為什麼他們會知道我現在跟小島在這裡？他們到底想幹麼？為什麼我的射精會跟他們扯上關係？我不知道自己到底該看哪裡、又該想些什麼。百瀨站在了稍微有點遠的後方，沒有看我。

「不過你們真的很強耶。」二宮站起來笑了。

「你們不會在學校裡也搞吧？太猛了吧你們？真是太強大了啦。」二宮說著，一副真心佩服的樣子搖搖頭。

「給大家看啊你們。」

「我們才沒有。」我小小聲反駁：

「沒有做那種事。」

一說完，百瀨之外的所有人好像都被擊中了笑點一樣嘻嘻哈哈地全都笑開來。我真不知道到底有什麼好笑的。我只是回答二宮的問題而已，我們就真的沒有做。我察覺到自己的汗從後背流向腰際，耳內聽見了愈來愈猛烈的心跳聲，世界隨著那心跳聲左顛右晃。我把右手繼續放在小島手上，一回過神，已經握緊了她的手，但是小島並沒有表現出任何反應。

「你們為什麼會在這裡？」我聲音嘶啞地問二宮。

「因為我們聽說你們約在這裡呀。」

「是你們逼她寫的嗎？」

「唔，誰知道啊——」二宮說完笑了起來：

「噯，我們等一下還有其他事耶，你們兩個快點幹啦，大家要看啦——！」

二宮一說完，那群人裡的一個馬上踹了我大腿一腳，力道比剛才猛烈許多。

「我們才沒有……」我按著大腿重申——

「做那種事。」

「狗不是也都隨便就在路邊做了起來嗎？」二宮神色自若地說。

「牠們才不介意被看到咧。你們一定也可以啦，拚一下啦，加油！」二宮說完笑了。

「我們接下來還有其他事，不能一直在這邊跟你們耗。你們今天就趕快把今天的行程做完嘛，把剛才你們做的那些繼續下去就好啦。」

二宮興奮得整張臉好像都用來表現他的欣喜欲狂一樣地看我。那張笑臉上的皺褶，全都充滿了愉悅的神情。我心想，這真的是人的臉嗎？那唇色美得彷彿在祝福什麼的嘴唇往兩邊張得大開，眼睛晶亮得幾乎充滿光輝。

「你……」我說：

「瘋了。」

一說完，他身邊那群人你看我、我看你地又笑成了一團。

「無所謂啦，趕快幹啦！」

他一說，身邊一個人馬上抓住了我的肩膀把我抓起，我忽然鬆開了小島的手，趕緊慌忙地又去拉緊她的手。那些人一看到，又笑個七暈八素。

「就叫你們快幹啊——」

我搖頭死命掙扎著坐在輪胎上，用力握緊小島的手，然後又更用力握緊了她的手，想趁眼前那個傢伙沒注意時帶著小島趕快跑。可惜另一個傢伙馬上從我後背抓住我襯衫把我摞倒，我倒下時，還沒鬆開小島的手，結果害小島跟我一起跌在地上。我趕緊問她，妳還好嗎。小島眼睛依然圓睜，一會兒後坐起了上半身，望著其他地方點了點頭，沒看我。我跟小島兩個人，就那麼在其他同學的包圍下曝晒在他們俯視的目光中，縮緊了身子，盯著地上一動也不敢動。

「噯，不過你不覺得小島很髒嗎？她身上好臭噯，只有我聞到嗎？」

「她每天都這麼臭好不好～」一個女生說，鞋底抵著小島後背，上上下下地摩擦鞋底。

「啊——！我剛搞不好踩到了狗屎。」

「沒關係啦，她本來就很髒。」

「公害啦公害。垃圾啦這種人，廚餘啦！」

那個女生用腳踩著小島後背把她往下踩，小島整個人趴了下去，雙手趴在地面上。我看著那女生的臉。她罵我，脫窗仔你在看什麼啦！你那種眼睛看哪裡沒人知道啦！看地上啦你！說完就笑了。

「你們真的很噁心耶，髒死！脫窗仔配廚餘~」

我跟小島就那樣維持著那種姿勢，一動不動。天色還很明亮，但是聽見雷鳴間隔愈來愈短了。

我心想，現在發生的這些是真的嗎？

真的嗎，這一些？剛剛我還在我房間裡，然後衝了出來，跑來見小島，就像我們每次見面時一樣，來跟約好的小島碰面。可是就只有我跟小島的這個世界裡，為什麼現在正在發生這些？我們也沒對誰怎麼樣，我跟小島什麼也沒做，什麼都盡量不要生事地低調過著日子，為什麼還會這樣？我就只是很想跟小島見面而已，然後我也來見了她，就只是這樣，為什麼我跟小島要被人踢、被人踩，還要這樣縮在地上才行？

然後我想到了……

小島今天根本就不是跟我約好的，她壓根兒就沒想見我。一定是二宮他們不曉得怎麼知道了我跟小島通信的事，誰逼迫了小島寫信給我。現在這個情況，都是我害小島的，很有可能。一定。都是因為我死纏爛打一直寫信，才會發生這種鳥事。

但是我再怎麼想也沒有用。腦袋裡的語言不成語言，不帶氣力。小島還是渾然不動。好像有一絲絲雨飄到了鼻頭，我抬起頭，望向天空，沒看見半片雨雲，天色看起來只比剛才暗了一點點，那有點朦朧的明亮給空氣染上了顏色，是一種有點令人眷念，說起來好像沒事也不會再想起的一種不曉得在什麼時候、什麼地方看過的色澤。方才還有點涼的空氣之中，開始飄蕩著一股宛如緞帶般的溼熱氣息，盈滿了周遭。雷聲一下子遠、一下子近，一直聽到它們交互響起。

「我什麼都做，拜託你讓小島回去吧。」我跟二宮說：

「我求你。小島根本就不想出來跟我見面，都是我一直寫信纏著她。是我一廂情願一直寫而已，她跟我一點牽扯都沒有，連跟我講過話都沒有，都是我自己一廂情願的。」我說，胸口一陣緊，再也說不下去了。

吞了好幾次口水，等著心情平復下來後，我繼續說——

「都是我自己一個人做的，所以——」

「你講什麼屁謊？我們都查好了啦——」他們那夥人的其中一個說。

「我沒說謊，是真的。」

「好啦好啦！」雙手環抱在胸前的二宮以一副安撫的口氣出聲：

「反正那種事隨便啦，你就快點脫你的褲子。我就跟你說了呀，我們今天沒時間，你是聽不懂人話啊你？」

「你讓小島回去。」我說。

「她回去了，你要跟誰做？」二宮笑道。

「我求你……讓小島回去，拜託——」我一回神，已經不自覺地磕地跪求二宮。噯噯噯——，他發出了有點奇怪的聲音，用鞋頭輕輕踹我頭頂。

「我不行啊，這麼熱血。你是要自己脫，還是要我們幫你脫啊？」

我抬起頭，看向百瀨。從沾在眼鏡上的黑色泥土間看見了百瀨的身影。我依然跪在地上，喊了他的名字：

「百瀨！你知道這麼做一點意義都沒有，你知道吧？像這種事，根本沒什麼意義，做了跟沒做一樣啊，你知道的呀，是不是，你知道的呀！所以呀，百瀨！百瀨——！」

我一喊完，下一秒鐘二宮瞬時揮過來一巴掌。我的眼鏡被打偏了，掛架在半邊臉的耳朵下。我臉頰霎時一陣滾燙，沒半晌，嘴巴裡便嚐到了擴散開來的淡淡血味。

「吵死了啦！誰准你隨便講話的？快給我脫啦！」

我死命反抗，腳拚命踹，但是他們那群人裡有兩個人從我身後架住我，開始解開我皮帶。我聽見了女孩子在笑。我叫小島快逃啊、快點回家！我死命地硬是朝著蹲在地上的小島喊，可是小島還是一動也不動，一直縮在那邊。快跑啊！聽我的話！我一邊抵抗，一邊拚命對她喊，可是小島還是不動。

牛仔褲被扒了下來，捲呀捲地捲離開了我的腳。上面也脫掉！二宮一下令後我的襯衫也被扒了下來，只剩下內衣。腳就先那樣吧，反正看起來很好笑。二宮說完後，聽見他的話然後又看見我那副蠢樣子的女孩子馬上笑得花枝亂顫，其他正在聊天的女生也看見了我那模樣，扯開嗓門大喊好噁心啊。她們那聲音，聽起來好像很雀躍的樣子。我想把衣服搶回來，可是有個傢伙把它們捲成了一團丟在鯨魚的上面。我去不了那裡。

我就以那副模樣站在了那裡，站在那些又高又低的笑聲之中，站在那些閒聊聲中。我感覺不到冷，亦感覺不到熱，什麼也感受不到，只覺得空氣好像比方才稍微濃了一點。

「把小島的也脫掉。」

我懷疑自己聽見了什麼……？

「你講什麼？」我知道自己的聲音開始發抖了……

「你到底在講什麼？」

「我說把小島的衣服脫掉啊。」二宮一臉不以為然的表情說，接著張大嘴巴，湊近我耳邊，以清晰的咬字像要讓我聽得更清楚似地又說了一次，「我說，把小島的衣服脫掉啊。」

我清楚感覺到胸膛到喉嚨一帶有股熱氣竄奔上來。

雷聲響了。明亮的天空中，開始落下一顆顆的雨。我聽見一個女孩說下雨了，聽起來很不耐。又聽到不知道誰說，這叫那個啦，老鼠什麼什麼的。然後另一個人說，不是啦，狐狸啦。下雨了，陽光卻似乎比方才更強，又沒有雲，雨到底從哪裡下來的呢？穿透了空氣與陽光，帶上了金色，下得有如絲線一樣，發出了細密的聲響，打溼了我肌膚，一如它打溼了鯨魚的背、打溼了輪胎表面一樣。

「你如果不脫，我就叫別人去脫囉——」二宮威脅：

「下雨了啦，快啦！」

我沒說話，不動。

「你以為只要一直拖下去就拖得掉啊？你在那邊一直拖拖拉拉的，以為這樣就可以逃過一劫啊？」二宮罵：

「我告訴你啦，那是不可能的。我在這種事情上是完全的完美主義者啦，絕不可能半路放棄。你照我的命令現在就做，今日事今日畢，我就是今天一定要看到成果。你給我聽清楚！」

「我才不會做那樣子的事。」我說。

「你不做，我們就幫你做囉。」二宮說完，笑了出來：

「而且你那樣子，有什麼說服力呀你？」

我沒說什麼。

有女生開始抱怨下雨了，開始跟二宮那群人槓起來的樣子。我聽見有人說好無聊耶真的。我默默地站在原地。周遭聲音愈來愈嘈雜，二宮對她們說妳們先離開吧，可是那些女孩子又抱怨了一會兒，也沒走，只是在那邊開始聊起了其他話題。

「你不幹是吧？」二宮說，聲音頗不悅地叫他們那群人裡其中一個把小島從地上拉起來。我幾乎什麼也沒想地馬上伸手摸向輪胎底下的一顆差不多可以雙手抓起的石頭，指尖確認了邊緣，拿在手上。很沉、很重的一顆石頭。我盯著抓在自己手上的那顆東西。

「喂喂喂——！要幹麼呀你——？」二宮見了問。我沒回答，只是恍神地凝視著手中輪廓糊成了兩層的石頭。

石頭的半邊又黑又溼，令人連想到了血。黑色的地方有一個尖尖的尖角。我拿住了乾的那一半，死命盯著尖角。

腦海中想起了百瀨在醫院的長椅上，在那蒙昧的陰影中對我所說的話。你為什麼做不到？而我們為什麼做得到？去做看看，搞不好情況會有什麼改變啊，也許吧。你沒有罪惡感嗎？這一次，換我問百瀨了。沒有啊，完全沒有。百瀨一副理所當然地回答。做得到的就是剛好做得到，沒有什麼，就只是這樣而已，什麼意義也沒有。沒有意義？百瀨只用著眼角對著我笑。我告訴你啊，這一切都沒有什麼正不正確、對或錯，就只是每個人的情況不同而已。就只是看你有沒有辦法把別人拉進你這一邊而已，配合著你的方便跟解釋，不由分說地絕對對把別人壓進你自己的這個框架中，就只是這樣而已呀，不是嗎，到頭來？我才不想把別人壓過來，也不想被別人壓過去！我對著百瀨喊。你呀，那怎麼可能，不行啦。百瀨笑著說。我說的是關於這世界的規則唷。不是什麼理想，也不是什麼其他的，就只是已經被設定好的完完全全早就在這世上運行、非常單純的規則而已啦。所以呀，你就拿著你手上那顆石頭，一把往二宮頭上砸下去就好啦。他現在應該還沒有防備，你就直接砸下去，應該可以砸倒他吧。然後就趕快趁他還沒有辦法起身前，一直砸下去砸下去，對準他的頭砸就好啦。乾脆又痛快，你也可以保護小島。至於其他那些人哪，一看見你這麼做，肯定馬上轉頭就溜吧？我也會趕快腳底抹油溜囉。你這情況，一定不會有人怪你的啦，搞不好還會被同情咧。你就試試嘛，你為什麼不敢試咧？你為什麼做不到？

　　雨愈來愈大了。雷聲一直響。明亮的黃土色天空不時竄過了幾道沉渾閃光，將降落的雨絲照得燦亮，地面上出現了淺淺水窪。我將石頭拿在手上，想像著揮舞著石頭撲向二宮的情景，想像了一次又一次，但我身體卻不能動，是我的想像力不足嗎？我又重新在腦海裡想像自己把石頭砸下去，但是想不太出來。我拿著石頭吐氣。就像百瀨說的，做得到的話就做得到了吧，沒有什麼對或錯，就只是做得到而已。如果有什麼事是我現在應該要做的，那不就是戰鬥嗎？拿著這顆石頭，對二宮開戰。我不是應該要這樣嗎？我現在手上有一塊石頭，一直站在這裡，站再久也不會有任何改變。你明明很清楚的。我改用雙手拿住石頭，手上開始使力。

忽然間，小島這時候緩緩起身，握住了我的手。

我看著小島的臉。

小島什麼也沒說，只是凝視著我。雨滴從她髮絲上流下，她的眉毛也被雨沾得清亮。她輕輕鬆開了我的手。我沒說什麼，看著她的臉。接著這一刻，我才意識到自己這輩子到底曝晒在多少的視線下？想避開的視線、嫌惡的視線、嘲笑的視線。從我懂事起，就被完全不認識的人拋來的那樣的視線，只能接受。可是也有一些些，只有一些些，卻是溫柔的目光，說喜歡我的眼睛，願意凝望著我的目光，願意握起我的手來直視我眼底的目光。而到了這一刻，我才終於意識到了。但此刻眼前的小島，眼底已無情感。我望著不曉得在看什麼的小島，認知到了這情況。

小島緩緩踏出腳步，走到二宮面前停下來。

二宮往後退了一步，但沒說話。其他那些人騷動起來，不過馬上又安靜下來。靠在鯨魚上看著我們的百瀨，此時也鬆開了環抱在胸前的雙手，換手疊好，下巴往內縮。

小島脫掉了鞋子，接著她脫掉襪子，赤腳站在泥土地上，接著把手指伸進了領帶跟領口之間，鬆開了領帶，捲成了一圈放進外套口袋中。動作非常緩慢。接著她脫掉了外套，丟在地上，開始從襯衫最上頭的扭釦往下一顆一顆解開，接著鬆開了裙子的扣鉤，讓裙子直接掉落地面。她腳邊出現了一圈藍色的圓圈，攤開的裙襬泡在水窪中，被雨打得色澤深沉。她身上剩下白色無肩背心與藍色運動短褲、赤著腳的小島又開始脫掉了藍短褲，只剩下了裡頭的白色內衣褲。雨打得衣服黏在了身上，水滴沿著身體一條條流下來。沒有半個人說話。小島把無肩背心往上捲，穿過了手肘，穿過了脖子，把背心也丟在地面上。她的上半身裸露出來。看見了突出的肋骨，小巧的身體。接著她脫掉內褲，完全裸體。沒有人說任何話，只剩下了雨的聲音。小島站在雨中，金色的雨打在了小島脫下的制服上，打在了小島的身體上，反射了陽光的水窪亮晃晃地閃著跳躍的光芒，雨愈下愈加狂烈。

全裸的小島站得挺挺的，就那麼一直靠得非常近地站在二宮的面前。

她在微笑。

沒有人說任何話。

小島臉上浮現了完美的微笑。她裸著身子緩緩轉個圈，面朝二宮張開了雙手，睜亮了眼睛，張開了嘴巴大笑。那笑聲從低而高，慢慢爬升了上去，狂放的笑。把身體裡頭的聲音都化為笑聲釋放了出來後，小島緩慢地彷彿在確認什麼似地一步一步朝向旁邊其他同學們走去。她伸出右手，捧著最左邊那位女同學的臉蛋似地摸著她的臉。被她摸了臉的那個女生發出了急促哀號，退後似地逃了。其他女生也跟著逃了。小島依然在微笑。她又伸出手去，要摸站在原本那女生旁邊的男生。那個男生原本一開始還想裝酷，擺出了看笑話似的一張臉，但表情馬上垮了，他揮開了小島的手後，往後退了幾步也像其他那些女生一樣地逃了。還留在現場的其他幾個人，也各自發出了小小的哀嚎，一個追一個似地逃出了公園。只剩下二宮跟百瀨留了下來。身上只剩下內衣跟鞋子的我，只能站在那幾乎已經是傾盆大雨的金色雨絲中，雙手拿著石頭，愣愣杵著，看著眼前情景。

眼前的那個小島，是我從來沒有見過的。

她站在那裡，臉上有種被什麼難以言述的強韌所支撐著的表情，是那個被推倒了摔到我身邊來時所展露出來的微笑所無法比擬的。

我還是無法相信眼前究竟正在發生什麼。小島全裸著，在驟雨吹打中放聲大笑。她伸出手朝向二宮，雙手大張地一直狂笑。這些都是有意義的喔。我感覺彷彿耳邊聽見了小島這麼說。那是我好喜歡的好喜歡的小島的聲音。我想起了我曾在信上跟她說，她的聲音聽起來好像6B鉛筆的筆芯，很好聽。小島對著我笑。噯，小島，這些真的有意義嗎？我問。有啊，當然有。我們不是順從他們，我們是接受了，而且我們知道我們才是正確的。這裡頭有著明確的意義喔。這些人，他們只是還不知道而已。我之前不是也說過了嗎，他們總有一天也會懂的。小島說著，笑了。好令人懷念的笑容哪。嗳，弱有弱的意義喔。是真的有意義的。我靜靜聽著她說。可是啊，小島又說，如果弱有弱的意義，那麼強也有強大的意義喔，而且不是那種程度很差的傢伙刻意要把自己的軟弱正當化所做出來的強大。我看著小島的臉，忽然間，那張臉變成了百瀨的臉。百瀨笑著對我說，有意義的話，一切都有意義。沒意義的話，一切都沒意義。所以我就跟你說過啦，到頭來，一切都一樣啦。不管你或我，大家都是配合自己的立場去詮釋這世界而已，就只是大家詮釋下的搭配組合而已。就是這麼簡單哪，不是嗎？所以人就是要讓自己變得強大啊。要能絕對地強大到不由分說就把對方的想法、方式跟價值觀全部都壓倒那麼強。可是我才不想要那種強大！我大喊。我才不想要把別人壓在底下，也不想被別人壓在底下！不行啦，你不能那麼想啦。小島溫柔地告誡我。我們知道我們是對的。所以我們一定要證明這些痛苦、這些煎熬都一定會得到回報的。我之前不是就跟你說過了嗎，這不只是我們兩個人的問題而已。所以你才會有那樣的眼睛，我才會有這樣的印記。我們才會相遇。所有的事情都一定有其意義。超越痛苦跟悲傷，都是有意義的。小島說完笑了。所以要把大家拉進來這些意義之中啊，百瀨聲音低沉地說。我驀然看向小島，她的臉還是小島的臉，聲音卻成了百瀨的聲音。接著我以為聽見了小島的聲音，一看卻是百瀨的臉，告訴我，這並不是理想，這是事實，完全不需要動用到想像力什麼的，就只是存在於這裡的現實而已。接著響起了笑聲。那笑聲跟百瀨的笑聲已經無法區別，兩相共鳴，臉龐變過來又變過去，我難以分辨，只能閉上眼睛一直搖頭。

一睜開眼，小島還在笑。

二宮瞪大了眼睛看著小島，但什麼也沒說。小島伸出右手，摸了摸二宮的臉頰。二宮身體僵硬得連站在一段距離外的我也看得出來。小島臉上依然帶著微笑，手又往上摸，開始緩緩撫摸起了二宮的頭。二宮臉上冒出了我從來沒有看過的表情，那張臉愈來愈紅，愈來愈紅，終於整張臉脹得通紅，手上緊握了拳頭卻完全不能動。小島把他整顆頭摸過了一遍後，夢遊一樣地緩慢、堅定地朝著百瀨走去。

她正要伸手摸向百瀨的瞬間，二宮忽然整個人好像醒了一樣衝過去，從後頭抓住了小島頭髮，把她整個人往地上拽。全身赤裸的小島就那麼被拽到了水窪中。水濺飛開來，打在小島背上，發出了悶啞的聲響。我丟開了手上石頭，衝向了小島，二宮整張臉通紅地俯視著我跟小島，百瀨則放下了抱在胸前的雙手，摩挲著自己的唇，直直瞅著小島，彎成了月牙的一對眼睛好像笑得很開心。

「你們在幹麼啊——！」

忽然從公園外邊傳來了霍亮的叫喊，我慌慌忙忙轉過頭去，看見了一個單手撐傘，另一手拿著超商袋子的中年婦女正伸長了脖子往這邊看。二宮趕緊拍拍百瀨的手臂，眨眼跑走了，百瀨也馬上往反方向跑。

哎——！你們到底在幹麼啊——！那個女人邊說邊走進公園。我抱著赤裸裸躺在地上一動也不動還在笑著的小島肩膀，撐著她起身，把被大雨打得溼漉漉的制服整團抓過來披在她身上。雨已經小了一點了。陽光漸次轉強，照得小島的肌膚潔白閃耀。小島癱靠在我身上邊笑邊哭。她對著我笑呀笑，兩眼中盈滿了滾大的淚水，混在了泥巴與雨水中，溼答答地流了下去。很痛吧，我說。小島，很痛吧，很痛吧。我不停地說，雙眼中也滾出了一顆又一顆斗大的淚珠。你怎麼沒穿衣服啊？這孩子，她身上也沒衣服啊。你們到底怎麼了？傳來了慌張的搭話，我聽見塑膠袋摩挲的聲音。你們先待在這裡不要動。那個人說著搖了搖我的肩膀。但是我什麼也沒回。小島！我一直喊著她的名字，摩挲著她肩膀。小島什麼也沒說，邊笑，邊哭。我環抱著她的脖頸，眼中不間斷地滾下了一串又一串淚水，啪嗒啪嗒地落在了小島臉上，混進了小島的淚裡，混進了雨裡，消逝了。那不是因為悲傷而流的淚。那大概是因為我們無處可去，只能像這樣子在這僅僅只有一個的世界裡存活下去的淚。這是我們沒有其他世界可選擇的淚、為了現在這裡任何一切而流的淚。我繼續呼喚著小島的名字。一會兒後，來了一些人，小島一直看著我，直到被大人們蓋上薄毯抱走為止。那是我最後所見到的小島身影。

小島是我僅僅只有的，唯一一個珍貴的朋友。

9

我跟我媽像吃飯時一樣對坐著，兩個人老半天都沒講話。接著我媽去幫我倒茶，然後好像想起來一樣，又站了起來去幫她自己也倒了一杯茶。接著又去幫我倒了一杯茶，就這樣反反覆覆。

鯨魚公園那件事情發生後，已經過了兩天。

我沒去上學。老師跟一些同學的家長來了家裡，喧騰了兩天。我媽沒讓他們進來，說她晚點會親自去學校，到時候再說，請他們回去了。我一直關在我自己房間裡。

「人家電視上啊——，」我媽說：

「不是常播一些把飯放在那些關在房裡不出來的小孩子房門前嗎？那些準備考試的人，飯會端進房裡，可是其他的那些就擺在門口。這一次我是自己親自體驗到了，出乎意料還不太壞耶。」我媽說完，有點窘地笑了一下：

「我不太會表達啦。」

「嗯。」我應聲。

「不過我很高興你願意吃飯。」

「嗯。」

「我等一下要去學校，去之前想先跟你聊一下。」

「嗯。」

「這種事，大家都各講各話。」

「嗯。」

「可是我只相信你說的。」

「嗯。」

「所以你什麼都可以跟我講，但是要是你不想講，你也不要勉強。」

於是我開始說出了在學校裡被欺侮的事。

將近一年裡所發生的事，更早之前，發生在我身上的事。我本來以為講這些要花掉很多時間，但實際上講出來後好像也不用多少時間。那件、這件，那時的心情、這樣的感覺，統統都轉化成一些詞彙，我講完了後，有種這一切其實是才剛發生過的錯覺。我媽手撐著下巴，不時點頭，靜靜聽著我說。

「我的想法是……」

我媽沉默了很久後，轉動手中的杯子，一邊告訴我——

「學校那種地方不見得一定要去，不過你高中會念不一樣的學校，到時候要是你想去的話，我們再一起想想升學的辦法。」

「嗯。」我回答。

「今後已經沒有絕對要去上學這種事了啦。」我媽笑了：

「不去也沒關係。」她又重申了一次。

「嗯。」

「根本就不用去應付那種事。我們自己想點別的好辦法吧。一定有的啦，絕對想得出來，只要我們去想。」說完，她笑了出來。

接著我講起我眼睛的事。

我說我不知道自己該怎麼辦。我說了跟小島的約束。我說，雖然不知道能不能治好，可是我很擔心動手術這件事，會不會就等同於對他們屈服。我又說，小島一直告訴我，我的眼睛就是我自己，我的眼睛造就了我。那些話對我來說有多麼特別，又是如何支撐了我。我緩緩說出了這些，我媽靜靜地聽。接著我稍微有點猶豫之後，還是提起了我親生母親的事。我親生母親斜視，還有我手邊有一張她的照片。

我媽靜靜盯著她擺在餐桌上的指尖，老半天沒動。然後拿起了茶杯，起身去倒茶。我聽見茶壺裡頭注水的聲音，聽見了開火的聲音，一會兒後，又聽見了水滾的聲音。我跟我媽花了老長時間，一直靜靜聽著那些聲音，好像那些聲音之中隱藏了什麼重大的意義一樣。

「我跟你親生母親其實認識，」我媽說：

「所以我知道她眼睛的事。」

「妳們是朋友嗎？」我問。

「不是啦，只是認識而已。」

她站著繼續講：

「我心想，就算你不記得你親生母親，看照片應該也知道她跟你有著一樣的眼睛，所以之前你不是找我商量過眼睛的事嗎，那時候我一時間不知道該怎麼回應。因為要是你想念你母親，跟這個有關，我什麼也不能講。而且斜視就斜視嘛，斜視也是自然的啊，我是這樣想的。」

接著我們兩人誰也沒說話，靜默了老半天。

「不過呀，」我媽看著我的臉說：

「你去手術吧。」

我也看著她的臉。

「這種事其實應該要你自己決定，可是我想跟你說，就去手術吧。」說完笑了出來：

「眼睛就只是眼睛啊，不可能因為這樣就失去珍貴的存在或是損失什麼的。會留下來的就是會留下來，不會留下來的，什麼也不會留下。」

「嗯。」我應和。

「不知道要不要住院噢？」我媽坐下來問。

「他們跟我說，像我這年紀，最多也只要住一天。」

「怎麼感覺好像有點太簡單了？」我媽笑出來：

「既然都要手術了，感覺就應該要搞得盛大一點，招搖一些啊。」

「是嗎？」我笑了，我媽也笑了。

「要準備手術費耶。」她聲音堅定地說：

「既然都要開刀了，乾脆就找日本第一名醫開好了？不曉得那種人要上哪裡去找噢？」

「聽說這種手術都是叫一些菜鳥在做的。」我說。

「是嗎？」

「聽說是誰都可以開的手術。」

「可是多少錢還是另一回事吧，畢竟是動眼睛耶。」我媽皺起了眉頭問，「多少錢哪？」

「那個啊，」我說，「聽說是一萬五千圓。」

「一萬五千圓？」我媽複誦了一遍。

*

「唷唷——！」

醫生一看見我，揮了揮高舉到臉旁的手，瞇著眼睛笑。我跟我媽點了點頭致意。晴朗的午後，醫院大廳還是擠滿了人，空氣中飄散著一種只能說是醫院味道的味道。我媽深深低下頭，說醫生麻煩您了，她正打算開始詢問手術相關事情的時候，我趕緊靠在她耳邊悄聲說，幫我動手術的不是這位醫生啦。

「咦，是噢？」我媽很不好意思地說聲抱歉，又低下了頭。醫生笑著說不會啦。

「斜視的手術好像趁年輕的時候動比較好，現在這個年紀正好噢？」醫生笑著說，我們也點點頭。

「動刀的是我朋友，不過真的是個非常棒的醫生，而且聽起來像在開玩笑，他可是斜視專家呢，很多病患都特地大老遠跑來給他看。」

「這一次真的要謝謝您幫忙轉介這麼一位難約的好醫生。」我媽又低下頭去。醫生笑說別介意啦，兩人稍微閒聊了一下。廣播中不停傳來叫喚著某個病患的名字，身邊傳來陪病者的話聲，護理師牽著老人家手從我們身邊緩緩走了過去。我們有一搭沒一搭地看著，半晌之後，叫到了我的名字。我媽去辦理住院跟手術的手續，我跟她說我在大門外面等她。

「您不用看診嗎？」我邊走邊問醫生。

「星期三下午不用。」醫生邊打哈欠邊伸懶腰和我說：

「後來決定要局部麻醉嗎？」

「沒有啊，全身麻醉。」

「怕啊？」醫生笑。

「怕啊，很恐怖耶。」我也笑了。

「唔，好啦，是有點恐怖。」醫生又打了個哈欠：

「不過今天天氣真的滿溫暖的噢，昨天之前還那麼冷。」

十二月的空氣澄淨清透，在悠悠流過的午後時光之中，我們在長椅上坐了下來，看著來來往往的人。靜心打開耳朵，聽見了各種聲響，有腳踏車鈴聲，有孩子的哭聲，不曉得哪邊遠處傳來了施工的聲音，近在身旁有小鳥輕啼。而且不管再怎麼輕，風永遠在吹。那吹拂的聲音，綿綿不絕地鑽入各種縫隙之中，持續永恆地鬆動一切。

「我其實不知道我為什麼要手術耶。」我想也沒想就脫口而出，感覺好像是那話自動從我嘴巴裡跑出來一樣：

「我不知道動手術這件事到底對不對。」

醫生唔地簡短應了一聲，然後我們兩人又靜了下來。

「我到底為了什麼要手術呢？」我自己嘀咕，自說自話一樣。

「沒為什麼啊，不然咧？」醫生慢了半拍說：

「斜視的人，就會想要試試看不是斜視的生活是什麼樣子嘛，這有什麼不好嗎？」

我沒說話。

「人就是會變來變去的生物啊。你想想看，你那鼻子，之前還腫成那樣，現在不是已經完全好了嗎？你那眼睛的手術，也是這樣。這麼想就好啦～」

醫生靠在長椅上，雙手往前伸，脖子轉呀轉：

「你現在還年輕，還有好幾十年的時光等著你。等你手術成功後啊，不用半天，就習慣了你的新眼睛了。之後啊，根本連你本來是斜視的事情也不會再想起來呢。」

「是嗎？」我問：

「我會忘記嗎？」

「當然會呀。」醫生笑著答：

「你會忘得連你忘了的這件事都想不起來。」

說完後，指著他自己的鼻子笑道：

「可是我這個啊，我一輩子都不會忘記唷。」

我們兩個人都笑了。

＊

聞到了消毒水的味道，模模糊糊看見了病房的白床，又隔了一兩秒手腳的感覺才慢慢回來。我知道自己手術結束，剛從麻醉中醒轉。怎麼樣啊——聽見了這樣一聲，我轉過頭去，看見我媽一臉擔憂地望著我。我伸手一摸，右眼蓋著很大的繃帶，感覺得到自己的眼球在好幾片繃帶底下咕溜溜地轉動。手術只動右眼，雖然還有點緊繃感，但不會痛，還沒有到會痛的程度。

「今天先這樣睡了吧。明天就出院了。」我媽說。我頭還很暈，躺在床上點點頭。

過了一會兒，眼科醫師進來了，問我痛不痛。我說不痛，又伸出手從眼睛繃帶的上頭按了按右邊的眼睛。眼科醫師跟我們說明了預後，講解麻醉情況，手術成功，點眼藥水的次數，還有過一陣子就要開始復健了。之後又講了眼睛肌肉需要鍛鍊，所以隔一陣子要回診。我轉動了一下還是很暈的頭，應聲回覆。一回過神來，又睡著了。

隔天中午之前，我媽來接我，我等她辦完出院手續後一起離開醫院。今天是好天氣，晴空萬里無雲。之前一直只用左眼，從沒用過右眼，所以基本上應該沒什麼差別，可是不曉得是不是因為右眼戴了眼罩的關係，感覺有點難走路。我跟我媽兩個人都沒講話，走到一半時，我媽忽然想起健保卡還放在醫院，說要回去拿。我說我在那兒等她。

我正站在林蔭大道的正中央。

閉上了眼睛，我取下眼罩。接著把眼鏡戴上，再緩緩睜開眼睛。

眼前是從來沒見過的光景。

十二月的清冷空氣中，幾千幾萬片的葉子全都像溼潤了一樣閃耀著金色光輝。那閃耀的模樣，彷彿每一片、每一片都啾啾唧唧著它們各自的光采，源源不斷地往我流來，流進了我身體中。我只能夠深呼吸一口氣，把自己交付給這一切的流動。從這一秒鐘到下一秒鐘的間隔好像被什麼巨大的手給抓著拉長了。我忘記要吐氣，也忘記要眨眼。我讓自己沉入那一片巨大鮮豔的群樹之中，用我身體最最柔軟之處，去感受那樹皮的觸感。我用指頭捏住了那擺盪在不斷閃耀著黃金光澤的樹葉間的光粒，進入了它們之中。現在是正午，可是太陽已經看不見了，所有一切仍無盡閃耀。我對於眼前的光景無法置信，只能張開口，不停地搖頭。我跪倒在地上，拾起一枚葉片凝望。這片葉子，具有我未曾知曉的重量、我未曾知曉的清冷、我所未曾知曉的輪廓。眼淚源源不絕地湧出眼眶，而展現在矇矓淚眼前的世界，似乎既存在於那裡，又同時不斷地重生。

所有一切都無盡美麗。在這條我曾穿越了無數次的林蔭大道的盡頭，我第一次看見了燦白明亮，我從不知道那兒存在著那樣的光亮。眼中依然不斷湧出淚水，在淚水之中，世界首次成像、首次有了深度，世界是有另一面的。我睜大了眼睛，用盡全身力量，睜大我的眼睛。映照在那兒的所有一切是那麼地美好，我就那樣哭著哭著，站在了那一大片的美之中，同時也沒有站在任何一個地方。淚水依然冒出來，流出了聲響。映照在我眼前的所有一切，是那麼地無盡美好。可是，那也就只是美而已，沒法告訴誰，也沒法讓任何人知道的，就只是，單純的美好。

藍小說 349

天堂

ヘヴン

作　者—川上未映子
譯　者—蘇文淑
副總編輯—羅珊珊
責任編輯—蔡佩錦
校　對—蔡榮吉　蔡佩錦
美術設計—吳佳璘
行銷企劃—林昱豪

總 編 輯—胡金倫
董 事 長—趙政岷
出 版 者—時報文化出版企業股份有限公司
一〇八〇一九臺北市萬華區和平西路三段二四〇號
發行專線—（〇二）二三〇六—六八四二
讀者服務專線—〇八〇〇—二三一—七〇五・（〇二）二三〇四—七一〇三
讀者服務傳真—（〇二）二三〇四—六八五八
郵撥—一九三四四七二四時報文化出版公司
信箱—10899臺北華江橋郵局第九九信箱
時報悅讀網—http://www.readingtimes.com.tw
思潮線臉書—https://www.facebook.com/trendage/
法律顧問—理律法律事務所　陳長文律師、李念祖律師
印　刷—勁達印刷有限公司
初版一刷—二〇二三年十二月一日
定　價—新臺幣四五〇元
（缺頁或破損的書，請寄回更換）

時報文化出版公司成立於一九七五年，
一九九九年股票上櫃公開發行，二〇〇八年脫離中時集團非屬旺中，
以「尊重智慧與創意的文化事業」為信念。

天堂 / 川上未映子著；蘇文淑譯. -- 初版. --
臺北市：時報文化出版企業股份有限公司, 2023.12
304面；14.8 x 21公分. -- (藍小說；349)
譯自：ヘヴン
ISBN 978-626-374-493-6（平裝）
861.57　　112017317

ISBN 978-626-374-493-6
Printed in Taiwan